玉井義臣 あしなが育英会 編

何があっても、君たちを守る

――遺児作文集

「天国にいるおとうさま」から「がんばれ一本松」まで

藤原書店

天皇皇后（現上皇上皇后）両陛下
神戸レインボーハウスご訪問（2001 年 4 月 24 日）

阪神・淡路大震災遺児の心のケアを担う
神戸レインボーハウス

天皇皇后両陛下を神戸レインボーハウスに
お迎えする

天皇皇后両陛下より励ましのお言葉をいただく阪神・淡路大震災の遺児たち

政治を動かした遺児作文

TV で自作の詩「天国にいるおとうさま」を朗読する交通遺児の中島穣君（10 歳）。全国に感動を巻き起こし、あしなが運動を急進展させた（1968 年 4 月 15 日）

交通遺児育英会初代会長で、新日本製鐵初代会長の永野重雄さん

永野重雄会長の愛弟子で、育英会二代目会長の武田豊さん（1986 年 4 月）

第 31 回「あしなが学生募金」で街頭に立つ秩父宮妃殿下（1985 年 10 月）

「交通事故遺児を励ます会」を立ち上げ、街頭で支援を訴える岡嶋信治さん（1967 年）

政治を動かした遺児作文

兵庫県香住町で開催された「かすみのつどい」のトーテムポール作りの際、阪神・淡路大震災で父親と妹を亡くしたかっちゃん（10 歳）が描いた「黒い虹」（1995 年 8 月 8 日）

あしなが育英会会長代行の堀田力さん（さわやか福祉財団会長、弁護士）

学生寮「心塾」建塾を提案した「適塾」の祖・緒方洪庵の曽孫、緒方富雄東大名誉教授（右）と玉井義臣・心塾塾長（1978 年 4 月）

東日本大震災遺児の心のケアのために、仙台市、石巻市、陸前高田市の三カ所にレインボーハウスを開設した（2014 年 3 ～ 6 月）

励ます会と学生たち

第 1 回学生募金事務局長・山本五郎さんから永野重雄会長に募金贈呈（1970 年）

災害遺児育英運動が熊本の交通遺児高校生・宇都宮忍さんの提唱で始まった。細川護熙知事（当時）も街頭募金に参加した（1983 年 11 月 27 日）

森光子さん（右）は、ご自身が電話で「あしながさん」になることを申し込んでこられた。左は舞台『放浪記』で共演の山口いづみさん（1979 年 10 月）

励ます会と学生たち

神戸の震災遺児とその保護者が東北の震災遺児親子と共に歩もうとする
「東北と神戸の交流のつどい」（2019 年 11 月 16 日）

ニューヨークのタイムズスクエアで、東日本大震災遺児と米国同時多発テロ遺児たちが「東北レインボーハウス建設募金」活動を行った（2011 年 6 月）

人づくり、活躍するOB

毎年夏休み期間中に開催し、遺児の連帯をはかる「奨学生のつどい」（2018 年）

東京都日野市百草に、病気・災害・自死遺児の大学奨学生のための学生寮と全国の小中学生遺児の心のケアを担う「あしなが心塾レインボーハウス」竣工（2006 年 2 月 14 日）

高卒で就職する高校奨学生のための「海外研修大学」で、ブラジルのセラードに立つ（1983 年）

西本征央さんは、40 歳で慶應大学医学部教授となり、アルツハイマー病の発症を防ぐ蛋白質の一種「ヒューマニン」を発見するも、2003 年胃がんで死去。享年 47

山本孝史さんは、1993 年に国会議員となり、やがて自らがん患者であることを公表し「がん対策基本法」の成立を導いた。2006年死去。享年58

人づくり、活躍するOB

左から第1期奨学生OBの下村博文さん（元文部科学大臣、現自民党政務調査会長）、玉井義臣あしなが育英会会長、学生時代からの運動の同志・藤村修さん（元内閣官房長官）。秋の園遊会にて（2006年10月）

あしなが奨学生OBの村田治さんは関西学院大学学長、中央教育審議会委員。あしなが育英会理事・副会長として特に奨学金制度について尽力

あしなが奨学生OBの金木正夫さんはハーバード大学医学部准教授。あしなが育英会常任顧問として特に奨学生の学生生活指導に尽力

あしなが奨学生OBの青野史寛さんはソフトバンク株式会社専務執行役員兼CHRO兼CCO。あしなが育英会理事・副会長として特に奨学生の就職指導に尽力

皇室とのつながり、100 年構想

秋篠宮皇嗣同妃両殿下ご夫妻がウガンダレインボーハウスをご訪問（2012 年）。妃殿下の後は外務省派遣の通訳官で故西本征央さん長女の光里さん

ウガンダ病気遺児のナブケニャ・リタさんがあしなが育英会の支援で早稲田大学に合格し、アフリカ遺児の日本留学生第 1 号となった（2006 年 2 月）

秋篠宮殿下と眞子内親王殿下が東日本大震災遺児とウガンダの遺児、米ヴァッサー大生とのコラボコンサート「世界がわが家」をご鑑賞（2014 年 3 月）

母国の発展に寄与する人材になることを期待して、アフリカの遺児を世界の大学に留学させる「アフリカ遺児高等教育支援 100 年構想」を支えるために、世界の賢人達人による第 3 回目の会議が京都で開催された（2018 年 3 月 1 日）

〈プロローグ〉何があっても、君たちを守る

玉井義臣

「何があっても、君たちを守る！」

全奨学生六五〇〇人へ緊急支援金一五万円給付の記者発表（四月一七日）で発した私の言葉は、思いもよらない反響を呼びました。

遺児のお母さんたちからは、「収入がなくなり、不安な毎日の中、一筋の光でした」「思わず涙がこぼれました。もう『死にたい』なんて言いません」などのお手紙やメールが多数届きました。

ご寄付者のみなさまからも、「玉井会長の覚悟に感動した」「これぞ、リーダーの言葉だ」といった過分のお言葉をいただき、マスメディアからも取材依頼が相次ぎました。

正直に告白すると、私自身、自分の口からあんな言葉が出るとは全く思っていませんでした。会見後、数日のあいだ自問しました。「わしは、大阪のおっちゃんや。あんな、かっこいいことゆう人間やなかったのに……」。ただ今は、「あれは、心の奥底にあった思いだったんや。それが、コロナで遺児やお母ちゃんたちが大変なのを知って、噴き出したんや」と思っています。

私は母を車に殺され、妻をがんに奪われました。遺児支援をはじめて半世紀以上が経ち、今年で八五歳になります。「親を亡くした子どもたちに、なんとか教育を受けさせたい」。その思いは年々、募るばかりです。コロナにより遺児家庭はますます苦しくなっています。六月に届いた保護者アンケートの回答には、「とんと肉を食べていません」「子どもに我慢ばかりさせていて、申し訳ない」という言葉がありました。

今年度のあしなが奨学金申請者は前年度を大幅に上回り、奨学生全体で八〇〇〇人に近づく勢いです。これから先どんな時代がやってきても、あしなが育英会を頼ってくれる遺児たちには、全員、奨学金を出したい。そのための寄付集めには、私が先頭に立つ覚悟でおります。

コロナとの闘いは長期戦になります。気合を入れなおして、もう一度。今度は大阪のおっちゃんらしく。

「奨学生諸君。お母さん。何があっても、守るで！」（二〇二〇年七月一日記）

一五万円支援金——感謝と使い道

今年から私に入ってくるお金は、二カ月に一度の障害年金が約九万円と、小学生の娘の児童手当（四カ月に一度、四万円）だけになってしまいました。四月から再就職のために障害者向けの就職支援の学校に行くつもりがコロナの影響で行けなくなり、ますます再就職の道のりが厳しくなりました。行政からの支援を受けたくて相談に行ったのですが、「該当しません」と門前払いされました。本当にどうしたらいいかわからず死にたい気持ちになっていました。そんな時に今回の一五万円の給付は本当にありがたいです。家賃の支払いと生活費にさせていただきます。コロナで無念の死を迎えている方々のことを思い、「死にたい」なんて軽々しく言わないことを守りたいと思います。

（茨城県・母親）

娘は私立高校の看護科の二年に進級しましたが、教科書・副教材費・諸経費等で約一〇万円かかってしまい、借金して払いました。ただ進級しただけで、こんなにお金がかかると思っていなかったので驚きました。看護科はいろいろと特別にお金がかかるので、金銭的にも頭が痛いところでした。でも、緊急支援のおかげでとても救われました。

（宮崎県・母親）

学校の授業がオンラインになり、学校からパソコンの準備を求められました。入学時に買ったものは最低限のスペックのパソコンだったので、対応できず困っていました。授業に対応できるようにスペックの高いパソコンを用意することに使えます。コロナショックで三月に派遣切りにあいました。体調を崩して休んだり、午前中出社できないことが何度かあったため、真っ先に派遣切りの対象に選ばれてしまいました。ありがたいことに次の派遣先が決まりましたが、忙しい時期が過ぎてしまえば、また真っ先に契約を切られるのは派遣です。派遣会社の方も事あるごとに解雇という言葉を使ってきます。意見を言えばすべて命令違反にすると精神的に圧力をかけてきます。不安です。その中でのご支援はとてもありがたいです。残業のないお給料が続いている中で、オンライン授業の備品代を捻出するのは大変だったので、助かりました。

（愛知県・母親）

人生の苦しみや悲しみが、こんなに何度も重なるのかと。大学に行かせなくて就職させた方が良かったのか？とも。自分の人生、子どもの人生の選択に混沌としていた折、このようなご支援をいただきましてありがとうございます。使いみちは、まず子どもに生活を心配させることのないように、居場所の確保のため、家賃や水道光熱費の支払いに活用させていただきます。何カ月間は安心できます。

（徳島県・母親）

家賃や公共料金の支払いと食料です。水道水が飲めない離島なのでケースで購入する水の消費も激しく、小さなお金がとても大きくのしかかってきています。親としては健康な成人に育てるためにカップ麺や加工品は食べさせたくないですが、手づくりは意外とお金がかかります。こんな時でも毎日早起きしてトレーニングを欠かさない息子のために、食べたもので身体はつくられるという信念を曲げることなく質素でも新鮮な野菜や米、余裕がないと買えない果物も購入したいです。

（沖縄県・母親）

家が古すぎて、去年は流れなかった水洗トイレをやっと交換できました。リフォームは金銭的に無理ですので、古いながらも明るく見えるように、少しだけでも修理していきたいと思っています。毎日、どうにかこうにか生きています。健康が維持できるように、時々お肉も食べたいと思います。

（北海道・母親）

日常の食費や光熱費、学費は国やあしなが育英会の奨学金でなんとかまかなえています。だけど、遺族年金ではギリギリ生きているだけです。今回のあしなが育英会さんの給付金で、久々、お肉を多めに買いました。育ち盛りの息子は、いつも「お腹いっぱい」と言いますが、本当なのか我慢しているのか。だけど今日はちょっと多めに買うことができました。私が働けたらと思うのですが、持病もあり、コロナ騒動で不安いっぱいで、落ち着いたら無理のない程度で頑張らないと。まだまだ息子にはお金がかかりますが、お金は天からも回ってこないし、産み出せない。お金がないと何もかも最低限。今までの普通の生活はぜいたくだったのかな。特別でもないのに。

（福岡県・母親）

（『ＮＥＷあしながファミリー』二〇二〇年七月二日）

はじめに
「天国にいるおとうさま」——一篇の作文が日本を動かす

玉井義臣

「玉井さんはどうしていまの仕事、〝遺児の救済〟運動（あしなが運動）を選ばれたのですか」と多くの人が聞かれます。私が交通評論家として毎日のようにTV、ラジオ、新聞、週刊誌に出ていた一九六五年から一〇年か二〇年を知る人は、その〝なぜ〟をご存じでした。あれから五五年も過ぎると、ほとんどの人は私の原点となる動機をご存じではないし、それどころか、時にはウサンクサイ男と思われることもあります。そこで、その点だけはご理解いただきたいと、遺児作文集ではありますが初めに書くことをお許しください。

岡嶋信治さんの姉、私の母、二人の輪禍《りんか》

あしなが運動を語るに欠かせない岡嶋信治さんのお姉さんが、新潟長岡で酔っ払い運転のト

ラックにひき逃げされ亡くなってからちょうど六〇年がたちます。岡嶋さんは怒りと悲しみを『朝日新聞』の「声」欄に投書し一三〇人の人々から励ましの手紙を受け、彼はその一人ひとりに返事を書き文通する中で怒り、悲しみから癒《いや》されていきます。

その痛ましい事故の二年後の一九六三年一二月二三日、私の母は大阪・池田市の自宅前で暴走車に轢《ひ》かれ、一カ月余り、治療らしい治療も受けずボロ雑巾のようになって死んで逝《ゆ》きます。売れない経済評論家だった私が、家族で唯一〝時間持ち〟、つまり時間が自由になったので昼夜の看病を引き受けました。頭部外傷の知識が皆無《かいむ》の医師は、手をこまねいて、昏睡《こんすい》の母を危篤と私たち家族に告げるだけでした。私は緊張の連続で枕辺《まくらべ》にいました。

ある夜半、母は突然目を見開き、私に何かを訴えたげでした。私は思わず言いました。

「わかってるて、お母ちゃん、この敵《かたき》はきっと僕が討《う》たるから、今は眠っていて頂戴」

そして、その言葉を堅く心に誓いました。まもなく母の担当医は教育されたことも、経験したこともない頭部の手術を行い、母は一カ月静かに昏睡していたのに、一声動物のようになり声を上げ、七四歳の一生を終えました。その情景を今も忘れることができません。私が二七歳の厳冬の早暁でした。

都留重人さんに後押しされて論壇デビュー

「敵討《かたきう》ち」と誓いましたが、不勉強な医師に対してどうすることもできなかった私は、なまくらな三文もの書きとしての生活を捨てて、この時ばかりは頭部外傷に関する、一生に一度の真剣な勉強と取材をしました。初めは、取材に行ってもほとんどの医師は、口を固く閉じ通り一遍の説明をしているだけでしたが、一年ほどの取材でもうあきらめようというとき、近藤駿四郎元東大脳神経外科講師（故人）が口を開き、こう言いました。

「日本にはこれだけ交通事故が激増するのに、専門医、脳外科医は二百人しかいません。それも主に大学病院にいて町医者からの患者の搬送はありません。だから、めったに患者の治療はしない。でも玉井さん、交通事故死の七割は頭部外傷による死亡です。そのうち三割は、迅速に適切な治療を受ければ助かる。何十万人もの頭部外傷者は助かる命を亡くしている。自賠責保険金の治療費二〇万円ほしさに町医者は大学病院へ負傷者を送り込まない。助かる命も救急医療体制の不備で犬死させられているのです」

私はその事実を確かめて「交通犠牲者は救われていない――頭部外傷者への対策を急げ」を

書きあげ、『朝日ジャーナル』（一九六五年七月一八日号）に掲載されました。反響は大きく、ＴＶも他誌紙も追随し、行政の怠慢が白日の下にさらされ、世論は沸騰したのです。この論文をきっかけとして、それから脳神経外科が診療科目に認められ、今では脳神経外科の看板が多くの病院に見られるようになりました。これが本当の意味での私の論壇デビューでした。

母が事故死当時の損害補償は雀の涙で、自賠責保険金が死亡一人三〇万円、治療費一〇万円に過ぎなかったのです。この問題についても、『朝日ジャーナル』（一九六五年九月二六日号）に「ひかれ損の交通犠牲者——損害補償の現状と打開策」を書き、より大きな反響をよんだことは忘れられません。その月の「論壇時評」ベスト３に都留重人さん（一橋大学学長、故人）が選んで下さいました。

堀田力さんと協力して交通事故を厳罰化

単行本『交通犠牲者』（弘文堂）刊行など評論と、「交通事故をもう一度考えなおそう」という運動を重ねていく中で、死亡保険金は急速に増えて三千万円にまでなったのです。

また、当時の交通事故加害者への刑罰は軽く、論外でした。死亡事故を起こしても、「最高禁固三年」で、東京に自動車が一六台しかないときに、医師の誤診なども想定して作られた時代錯誤の法律が残っていたのです。道路も、江戸のカゴが走った街道はそのままで、怒涛《どとう》のように〝殺人機械〟自動車を流し込んだのですから、死傷者が年間百万人に近づくのは当然ともいえましょう。

こんなことでは、私の母のような不幸な被害者が増えるだけだと、私はあらゆる機会に交通事故の厳罰化を訴え続けました。この時、私とともに運動してくれたのが、のちにロッキード裁判で田中角栄元首相を取り調べた法務省の堀田力さんでした。堀田さんの協力もあって、これらの告発は行政を動かし、刑罰は禁固刑から懲役刑に変わりました。酔っ払い運転による「殺人」事故の場合など、最高懲役七年六カ月にまで重くなったのです。

それまで勉強もせずただただ生きていた無頼の男に、何も言わなかった母が死をもって下した鉄槌は、今も忘れることができません。嫁ももらえずフラフラしていた私を見かねた母は叔母に、「あの子が嫁はんをもらうまで、生きていてやらんと」と、何度も口癖のように言っていたと、母を看病していた病院待合室で叔母から聞いたとき、私はこの母の愛に鞭打たれ、言葉を失いました。真面目に生きよう、まっとうな人間になろうという二七歳の私の決意は、交通事故への敵討ちという形で結実しました。『朝日ジャーナル』に発表した諸論文や刊行した単行本によって新聞では「交通評論家第一号」と書かれるようになり、私は、ようやく「三〇にして立った」のです。

一篇の作文が日本を動かす

TV、ラジオへの出演も増えました。中でも、当時最高視聴率だったNET（現テレビ朝日）「桂小金治アフタヌーンショー」では、私は足掛け三年、毎週プロデューサー、ディレクター、出演コメンテーターと三足の草鞋《わらじ》をはきながら、とりあげるテーマを交通事故防止対策にまでも間口を広げていました。そのころ、冒頭の岡嶋信治さんから、交通遺児を励まし、奨学金で高校へ進学させるという母親たちの唯一の願いをかなえましょう、ぜひ一緒にやりましょうと口説かれ、その気迫に負けて、「やりましょう」と言うしかなかったのです。でも、岡嶋さんにはよく誘ってくれたと、すべての遺児救済が天職になった今では深く感謝しています。

「桂小金治アフタヌーンショー」では、大げさではなく私が「時代が変わった」と実感したことがありました。一九六八年四月一五日、お父さんを交通事故で喪った一〇歳の中島穣君が、TVカメラの前で泣きながら作文「天国にいるおとうさま」を読みあげたときのことです。全文をご紹介しますから、まずお読みください。

天国にいるおとうさま

中島穣（一〇歳　東京）

ぼくの大すきだった　おとうさま
ぼくとキャッチボールしたが
死んでしまった　おとうさま　もう一度あいたい　おとうさま
ぼくは
おとうさまのしゃしんを見ると
ときどきなく事もある
だけど
もう一度あいたい　おとうさま
おとうさまと呼びたい
けれど呼べない

どこにいるのおとうさま
もう一度ぼくをだいて　おとうさま
ぼくがいくまで　まってて
もう一度ぼくとあそんで　おとうさま
おとうさま　ぼくといっしょに勉強してよ
ぼくにおしえてよ
おとうさま　どうして三人おいて死んだの

ぼくは
今までしゅっちょうしていると思っていた
おとうさままってて　ぼくが行くまで
おとうさま　おとうさま
もう一度「みのる」って呼んで
ぼくもおとうさまと呼ぶから
ぼく「はい」と返事するよ

ぼくは　かなしい
おとうさまがいないと

このわずか三一三文字の作文を中島君が声を震わせながら読みあげたとき、ブラウン管の内外を問わず涙であふれました。一家の大黒柱を喪《うしな》って、進学の夢を断たれた交通遺児の子らに、日本全国から暖かな目が注がれました。大げさではなく、日本の政財官界、マスコミが遺児救済へ動いたのです。同時に、あしなが運動は、「あしながさん」というなにより強い味方を得たのです。

それから半世紀のあしなが運動は、災害遺児、病気遺児、自死遺児と対象を拡げて、今では世界各国のＡＳＨＩＮＡＧＡにまで大きく成長しています。

この世の「善」を象徴するあしながさんの「無償の愛」

あしなが運動を振り返ってみますと、多くのあしながさんに支えられてきたことを痛感します。きっかけは一九七五年ごろのオイルショックでした。奨学金が底をつき、広く世間に教育的里親として「あしながさん」を募集しました。反響は凄まじく、多くのあしながさんの「無償の愛」が遺児たちにそそがれたのです。

あしながさんの存在は、あしなが運動そのものの変革でした。親を失い、ともすれば心を硬く閉ざしがちな交通遺児たちは、あしながさんからの励ましにより、受けたご恩をお返ししようと、交通遺児のみならず、災害遺児の進学を求めて立ちあがったのです。あしながさんの『無償の愛』なくして、今日のあしなが育英会は存在しなかったことでしょう。

あしながさんこそは、遺児にとって「師」であるばかりか、この世の「善」を象徴していることを、私はそれまで以上に強く感じていました。

途中、官僚たちからの乗っ取り、一部マスコミからの故なき誹謗《ひぼう》中傷などの騒ぎもありましたが、あしなが運動の火を消さずに続けてくることができたのは、このようなあしながさんのご支援と、集いや街頭募金などボランティア活動に睡眠時間を削ってでも動き回った若者たちの情熱のおかげです。みなさんのご協力が、交通遺児だけだった育英会を、私の願望通り、対象を災害遺児と病気遺児に拡げ、現在のあしなが育英会誕生へと導いたのです。

もうすこし詳しく説明しますと、神戸の大地震により一時に家族を失った五六九人もの震災遺児の一人が描いた絵「黒い虹」に象徴されるような深い心の傷を受けているのを見て、あしながが育英会は「心のケア」のため神戸レインボーハウス（虹の家）を建てました。神戸レインボーハウスには、天皇、皇后両陛下（現上皇、上皇后両陛下）が二〇〇一年四月二四日にご訪問され、遺児たちを励ましていただきました。

また、自殺が多発する不況の時、自死遺児の「心のケア」を始めることにより、すべての遺児の進学と癒しを受けもつことが可能になり、支援する遺児数は初期のころの交通遺児数の十倍に達しました。国の支援など期待できない中、あしなが運動拡大をあしながさんの「無償の愛」が支え、みずからが遺児であったボランティア学生たちは遺児兄弟姉妹の心の友となり、街頭募金で育英会を〝発展〟させました。これがあの騒ぎからの顛末《てんまつ》です。

天はあしながさん、ボランティア学生、私たち運動家を見捨てませんでした。あしなが運動が素敵なことを、神も認めて支援してくれました。ありがとうございました。

母の交通事故死と妻のがん死がすべての原点

本書は半世紀以上にわたって、あしなが運動を支えてきた遺児たちの作文をまとめたものです。多くの交通遺児へ無償の愛を与えた中島穣君の作文「天国にいるおとうさま」と同じようなパワーを、それぞれの作文は秘めています。この遺児作文集が、再び「天国にいるおとうさま」と同じような、いやそれ以上に日本を動かすことを、私は信じています。

この遺児作文集を生みだしたのは、古希を迎えようかという、かつての若者たちです。全国の「交通遺児を励ます会」の若者たちが、猛暑の中、寒風吹き荒ぶ中、交通遺児家庭を訪れて作文を書いてもらったことに始まります。後程少し触れますが、励ます会そのものが知られていなかったため、玄関ドアを開けてくれなかったり、怒鳴られ冷水をかけられたりしたこともありました。それでも若者たちは粘り強くお願いをつづけ、交通遺児作文集第一集の『おとうちゃんのかおがみたい』が、京都と滋賀の「交通遺児を励ます会」編集で刊行されたのが一九七一年、今からちょうど半世紀前のことでした。このとき以来、あしなが運動は、交通遺児、災害遺児、震災遺児、病気遺児、自死遺児たち名もなき一人ひとりの心の叫びを、作文という表現で社会に訴え続けてきました。その地味な活動に邁進《まいしん》し、たっぷりと汗をかいてきたかつての若者たちに、深く感謝します。

藤原書店藤原良雄社長のおすすめで、半世紀にわたる遺児たちの作文集がまとめられたのは、私の大いなる喜びとするものです。刊行にあたって、藤原良雄社長、同社中島久夫さんには、お世話になりました。また、草創期のあしなが運動を担い、現在はあしなが育英会会長補佐の重職にある工藤長彦さん、私の古い友人である副田護さんには、実務でご苦労をおかけしました。ありがとうございました。

最後に私事ではありますが、あしなが運動の遠く長い道のりをふり返るとき、そのごく一部でしたが私と共に歩み、骨髄腫瘍を患って二九歳の若さで逝った妻由美を思い出します。本書の姉妹書として刊行しました『愛してくれてありがとう』（藤原書店、二〇二〇）をご一読願えたら、これに勝る喜びはありません。

冒頭で紹介した母の交通事故死と妻のがん死は、生涯忘れることのできない辛い経験でした。母と妻に先立たれた私は、いまなお喪の途上にあります。途上にあるからこそ、あしなが運動を世界のＡＳＨＩＮＡＧＡへと推し進めるエネルギーを、ふたりから私は贈られているのでしょう。精一杯受け止めていきたいと考えています。

（二〇二一年二月、『だから、あしなが運動は素敵だ』（批評社、二〇一〇）より改稿）

あしなが運動では、当初「あしながおじさん」の表記を使ってきましたが、ある女性から、「では私は『短足おばさん』ということで寄付させていただきます」と、冗談交じりの申し出があり、以来「あしながさん」表記で統一しています。本書も、作文内表記をのぞき、すべて「あしながさん」表記に変更しました。

各章末に、遺児たちの調査、分析をまとめていただいた副田義也教授は、半世紀にわたるあしなが運動の「戦友」のひとりです。肩書は、東京女子大教授に始まり、筑波大教授、同大副学長、同大名誉教授、金城学院大学教授と変わりましたが、いつでも、遺児たちを温かくみつめていただきました。深く感謝いたします。

（二〇二一年三月追記）

何があっても、君たちを守る——遺児作文集

目次

第1章 なくなってしまえ車——交通遺児の声 35

第2章　恩返しをしたい——災害遺児の声 81

第3章　黒い虹——阪神・淡路大震災遺児の声

第4章 お父さんがいるって嘘《うそ》ついた――病気遺児の声 175

第5章　自殺って言えなかった——自死遺児の声 205

第6章　お父さんの顔――東日本大震災遺児の声

何があっても、君たちを守る——遺児作文集

——「天国にいるおとうさま」から「がんばれ一本松」まで——

第1章　なくなってしまえ車――交通遺児の声

なくなってしまえ車

奥出昌子（小三　大阪）

このせまい国に　多すぎる車
どこを歩くにも　頭から　車　くるまとはなれない
朝　学校へ行く時　決って　母の声が迫ってくる
「車に気いつけや」
かならず三回は同じことを言う
わたしも
「わかってる」
と三回は答える。
そして
「おかあさんも　気いつけや」

と言う
母も
「わかってる」
と答える。
これが　わが家の　しんけんな　行ってきますのあいさつだ
広い道路もなく　わたしたちが通るところを　車が通る
もし自動車会社の　社長さんの大事な子どもさんが
わたしのやさしかったおとうさんのように
追とつされ　ひきころされたら
もう車なんか作るのいやになってくれるのじゃないかな
あんなにテレビで　かっこいいとかこえてるとか言って
はでにせんでんしたくなくなるのじゃないかな
もしそうり大じんのまごが
学校へ行くと中　ダンプがつっこんでくる様な目に会ったら
歩道橋を作ることを

もっとしんけんに考えてくれるのじゃないかな
こんなに人をころしてまで　たくさんの車がいるんやろか
車が少なくなるかわりに　国がびんぼうになり
わたしの家もびんぼうになっても
おとうさんが生きている方が　ずっといい
なくなってしまえ　車なんか

もう一度かたぐるまして　おとうさん

かつまた　しげなり（小一）

ぼくのおとうさん、ダンプカーにひかれてしんでしまいました。

がっこうでおともだちがおとうさんのはなしをしたり、あそんだことをいっています。「きみのおとうさん、どんなおしごとしているの」ときかれると、ぼくは「おとうさんしんだの」というとなみだがでそうになるので、だまってしまう。

おかあさんは、「男の子はめそめそしてはいけない」といいます。ぼくはおとうさんがいなくてもつよい子になろうと思います。

でも、一どでいいから、おとうさんにかたぐるましてもらいたい。手をつないであるきたい。ぼくだって、大きなこえで「おとうさん」とよんでみたい。

でも、もうみんなできない。だってぼくのおとうさん、しんだのだから。

天国の門をしめて！

粕谷加代子（小二　栃木）

わたしの家では、お母さんと、お兄ちゃんと、わたしの三人です。

わたしのお父さんは、わたしが五才のときに、一番おそろしいこうつうじこで、天国にいってしまいました。天国のお父さん、天国の門をしめて、だれもはいれないようにしてください。

そうすれば、こいつうじこで、天国にいく人もないと思います。

おねがいします……。

「とうちゃん　すんだはあ」

渡辺和男（小四　山形）

三時十五分ごろ
おとうさんが　びょういんにいると聞いた
おかあさんは　すぐ　びょういんにいった
おかあさんが　かえってきて
「とうちゃん　すんだはあ」といいました
ぼくは　ほかの人もいるので
なみだがでるのをがまんして
ふとんの中にもぐって
「アーン」と大ごえでなきました

とうちゃんの　かおをみて
そっと　さわってみたら
つめたくなっていました
秋田のトラックの　うんてんしゅが
にくくなりました
ぼくが大きくなったら
ころしたくなりました
ぼくは雪にトラックのえをかいて
雪だまをつくって
トラックのえに　ぶっつけました
こんどは　トラックの前とうしろのほうに
つららをぶっつけました
そしたら　トラックが　ひっこんで
ばくはつしたみたいになりました
おしっこがしたくなったので

トラックのえに　たれました
トラックは　きいろくなりました

血にまみれた五十円玉

鷲峰百子（小五　宮崎）

私の手の平に五十円玉がある。
この五十円玉は、
父が死ぬとき持っていたものだ。
友は笑う。
七か月も前の
しかも、
血がべっとりついている五十円玉を
持っている私を。

自分でもわからないこの気持。
けど、
なぜか使いたくない。
父母をなくした人ならわかるだろう。
けど、
それだけでは、
私は我まんできない。
この気持を
かなしさを、
全国の人にわかってほしい。
わかったらすぐ実行してほしい。
交通事故をなくすように。

成よ、本当にごめんな

貴志　成（高一）

成よ、本当にごめんな。
本当にごめんな。
お父さんは、勝手におまえたちを残して天国へ来てしまった。
成よ、本当にごめんな。
広場でキャッチボールができなくなって、
おまえと男同士の話が、できる前にいなくなってしまって、
本当にごめんな。

お父さんは、嬉しいぞ。
あのおまえが立派に高校に入学してくれた。

お母さんを安心させてくれた。
その努力の陰には、苦しみや悲しみがあったろう。
お父さんは、涙をふいてやることもできなかったし、慰めてやることもできなかった。
でも、甘えん坊だったおまえがそれを、やってのけた。
おまえは偉いぞ。
お父さんは、とても嬉しい。

成よ、おまえ、身長いくらだ、一七〇cmに手がとどくのでは？
大きくなったけど、まだ父さんよりは、チビだなあ。
成よ、将来、何がやりたい？　こづかい、いくらだ？
お父さんは、筆不精だから、たくさん質問を書かなくてはな。

お父さんは、悲しい。
おまえが弟とケンカをするのを見る時、お父さんは、一番つらいぞ。
おまえは、その時のお母さんの顔を知らないのか、お父さんは悲しいぞ。


最後に、成よ。

おまえは、まだ若僧で、これから社会へ出ようとしている。

いいか成よ、きけ。

おまえは、これからいくしれず苦しい困難に出会って苦しみ、挫折してしまうことがあるかもしれない。

そんな時、お父さんは、手をのばして助けてやることはできない。

でもな、自分の創造力に満ちあふれた手を見ろ。

野を駆け回ることのできる足を見ろ。

そして、凝視しろ。

成長したおまえにはできるぞ。

困難を、越えることができるぞ、おまえには。

そして、がんばって、がんばって、がんばりぬいて、ダメだったなら天国のお父さんの顔を見るがいい。

笑ってやるから。

広い心をありがとう

吉村成夫（高二）

僕は、この夏休み、「高校奨学生のつどい」に参加した。交通遺児育英会に加入させていただいたのが、昨年九月ですので、これが初めての参加でした。

この四日間のつどいを通じて、いろんなことを学び、考えさせられました。

僕の父が交通事故で亡くなったのは、僕が中三の時で昭和五十六年の二月でした。それまでは両親の庇護のもと、本当に甘えた生活を送っていました。小さい頃に不幸にあわれて、父親や母親も知らないという人たちにくらべれば、僕は本当に幸せだと思います。

そうはいっても突然の不幸に、母、兄、僕の親子三人は、途方に暮れていました。ごく普通のサラリーマン家庭だったため、貯えもなく、これから先どうして生活していこうかと。

それにもまして、僕にとって非常に大きな存在であった父が突然目の前から消えたのですから、そのショックのほうが大きくて、何が何だかわからない、という気持ちでした。

何が何だかわからないながらも、どうにかせねばと、母は就職、兄も働き始め、僕も及ばずながらアルバイトをして家計を助けていました。

そんな生活にようやく慣れてきた頃、母が育英会に入れてもらおうと言い、僕も家計が助かるならそれにこしたことはないと思い、入会させていただきました。しかし、その時は育英会がどういう組織であるかとか、あしながおじさんたちのこととか、深く考えてみようともしませんでした。ただ漠然とした印象をもっていたに過ぎなかったのです。

そうして一年近くたち、今年、五十七年の夏休みに、奨学生のつどいに初めて参加しました。このつどいで、初めて育英会の歴史と現状を知り、あしながおじさんのことも知り、リーダーの人たちからのアドバイスを得て、自分なりにいろいろと考えてみました。

最も驚いたことは、あしながおじさんたちは、決して豊かな暮らしをしておられない、なかにはお金をいただいている僕たちよりも、もっと苦しい生活をしておられる人もいる、ということです。本当に衝撃でした。自分より苦しい生活をしているかたたちからお金をいただいている。このことを今まで知らなかったということは、何ともはずかしく情けない思いでした。

そして、あしながおじさんは、何と広い心を持っておられるのだろうと、あらためて深い感謝の気持ちが起こりました。

まったく見ず知らずの人間に、苦しい家計をやりくりしてお金を送って下さる。僕など、とうてい考えも及ばない、世のなかの弱者の気持ちが本当にわかっておられるかたたちだと思います。

では、あしながおじさんたちは、何のためにお金を送って下さっているのだろうか。何を僕たちに期待されているのだろうかと、僕なりに、リーダーのアドバイスを思い浮かべながら考えてみました。

個人差はあるでしょうが、一番重要な点は、僕たちも将来、あしながおじさんのように弱者の気持ちを理解してあげられる人間になってほしいと期待されているのではないでしょうか。僕たち交通遺児は、うぬぼれかもしれないけれど、普通の人たちよりも弱者、底辺の人たちの気持ちがわかるのではないか、と思います。

いや、わからねばならない義務があると思います。また、交通遺児が、これ以上増えないように、交通戦争が激しくならないように、運動していかねばならないと思います。だから、将来、個人でも、地域でも、全国的にでもよいから、弱者のために行動できる、リーダーシップをとっていける人間となるために、今現在、やる気を持って、信念を持って、成長していけるように頑張ることが僕たちには必要であり、この頑張っている僕たちに対してお金を送って下さっているのだ、と思います。

だから、僕たち奨学生は、受けた恩を社会に還元できるよう、あしながおじさんのような広い視野と心を持った人間となれるように、努力していくことを誓います。そして、今は高校生だからたいしたことはできないけれど、募金運動や献血など、自分にできることがあれば、進んで参加したいと思います。

最後に、あしながおじさん、育英会の方がた、ありきたりの言葉ですけれど、この一言に尽きます。本当に、ありがとうございます。

ありがとう、あしながおじさん

青野史寛（高三　東京）

交通遺児作文集『母が泣いた日』を読んだ。『天国にいるおとうさま』『母さん、がんばろうね』に続いて、また泣かされてしまった。

ぼくと同じように苦しんでいる人は、たくさんいるんだな、ということを痛感させられた。ぼくらをはじめ、交通遺児たちは、交通遺児育英会の奨学金がどんなに暖かいものかを、あらためて知らされる。

育英会の機関紙「君と581―2271」などを読むと、自分の生活がほんとうに楽であるという人びとだけでなく、苦しいながらも力いっぱいの応援をしてくれる「あしながおじさん」もいることがわかる。ほんとうに、どんなに感謝しても感謝しつくせることではない。それにひきかえ、政府および自動車工業界の冷たさ。こういう人びとは、自分の利益ばかり追いかけて、苦しんでいる人びとに対して何もしないのだろうか。

ぼくの父は、ぼくが三歳のとき自動車事故で死んだ。飛び出した子供をよけて、電柱に衝突。形として自損事故だった。

それから母は、女子ひとつで、ぼくと姉を育ててくれた。持病のヘルニアをおして働いた。その苦労は言葉では言いつくせない。

ぼくは、高校にはいってすぐ働いた。駅前のレストランで。学校の帰りに寄り、閉店の夜十時まで。それから、かたづけ・食事・着がえなどをして、家に帰れば十一時すぎというハードな生活だった。

その時、姉は高校三年。翌年、私立大学にはいった。その時の入学金の一部は、ぼくが働き、コツコツ貯めてきたお金で負担した。うれしかった。自分でかせいだお金が、ものすごく役立ったことがうれしかった。

高校二年になってからは、近所の小学生の家庭教師をやり、奨学金とあわせて学費・食費・修学旅行の積立金とした。働くことにより、お金の大切さを知った。そして交通遺児育英会の奨学金を受けとるたびに「ああ、ありがたい」と思った。

政府・自動車業界の無援助により苦しくなった交通遺児育英会を助けるため、全国から立ち上がってくれた「あしながおじさん」、ほんとうにありがとう。

ぼくが将来、社会に出て、給料をもらえるようになったら、きっとこのご恩はお返しします。

また、その時は、後輩のためよき「あしながおじさん」になることを約束します。

最初で最後のおむすび

磯　千鶴（高三）

その朝、私は父のために、生まれて初めておむすびをにぎった。食べる時間がないと言うので、自分のおべんとうの分にたして、二つ三つにぎり、アルミホイルに包み、父に、「車の中で食べてネ」と渡した。そして、いつもの通り、父の車を見送った。それが、父の姿をみた最後となった。

皮肉にも、私が、父に初めてにぎったおむすびを食べた日に、父は、二度とかえらない人となった。泣きました。話しかけてくれない、返事をしてくれない父の姿をみて……。そして、私は母の涙を生まれて初めてみました。父とけんかをしても、決して涙をみせなかった母の涙を……。

私は、本当に、目の前が真っ暗になった。亡くなった父が、こんなにも、私にとって存在が大きかったなんて……。母と二人で家にいると、とても、家が大きく感じるんです。まるで、私たち二人の存在が、ないのです。

それほど、父の存在は私にとって大きかったなんて、今ごろ気がついた私はなんて、親不孝な娘なんでしょうか。

私は、たったの一回、一回しか、父におむすびをにぎってあげられなかった。せめて、せめて、そのおむすびの味の返事をききたかった。

でも、今は違います。父が、私に向かって、「おいしかったヨ」というのが聞こえる気がするんです。そして、天国から、いつも私のことをみているような気がするんです。そう思いはじめたのは、私以上につらい大変なおもいをしている人が、たくさんいるとわかったからです。

今、准看護婦試験を受けるために頑張っている私です。ここまで気持ちを明るくしてくれたのは、父の声です。その声を消さないように、母を大切にし、自分の道を歩もうと思います。

それが、私に残された、たった一つの親孝行だから……。

「おばちゃんの手、痛いからイヤだ」

竪場勝司（大一）

　ささくれだったガサガサの手。母は何をすればこんな手になるんだろう、と疑いたくなるほど荒れた手をしている。今勤めている呉服店の子供が、「おばちゃんの手は痛いからイヤだ」と叫んだという。この手を見るたびに、母が女手一つで十七年間、われわれ三人の子供を育て続けてきた苦労が、痛いほど感じられる。

　昭和三十五年に父が死んで以来、母は馬車馬のごとく働いてきた。朝から晩まで続く台所仕事。そんな厳しい生活を続けながら、母はたいした病気一つしなかった。でも、さすがに年をとってきたせいか、新聞を読む時は老眼鏡をかけるようになり、仕事から帰ってくるとすぐ眠ってしまうようになった。

　その上、母の気苦労を増やしたのは、昨年私が大学受験に失敗して浪人してしまったことだ。母の心中は、一年中落着く暇がなかったらしい。試験が間近に迫ると、いろいろな神社にお参りをしたりもした。そのかいあってかどうか、今年の三月ようやく合格できた。「東大うかったよ」と電話で告げた瞬間、母は泣きくずれてしまった。親不孝な私は、母がそれほどまでに心配していたことをはじめて知って、感無量の思いがした。

下宿生活が続く現在、母は時々私の下宿へやって来て、掃除、洗たく、食糧の買込みまでいろいろな世話をやいていく。うるさいなと思う時もあるくらいである。「いつまでなっても親バカだな」とつくづく思う。しかしこの頃では、その親バカのありがたさが身にしみてわかるようになった。私は私で子バカのままなのだが、すこしは大人になったのかもしれない。

「貧乏はもうしたくない」とグチをこぼす母。小さな時からそんな母の姿を見ていると、どうしてあんなに一生懸命働いてるのに楽にならないんだろうと、不思議でたまらない。今の日本のように、金を使えば何でもできると信じている人々が、大手を振って歩いていては、母のような人たちが増えるばかりだ。

一生懸命生きている人びとがバカをみない社会、そんな社会を我々の手でつくりあげていきたい。

無類の子供好きの母が、子供たちと話す時浮かべる微笑を、あのやすらいだ微笑をいつまでも持ち続けてほしい。そして十七年間母が味わってきた底知れぬ苦労、その苦労に終止符を打ち、一刻も早く母を楽にさせること、それが私の願いでもあり、目標でもある。

母が泣いた日

大沼一弘（大一）

母の涙を、ぼくは一度だけ見たことがある。もう一昨年のことになるだろうか。あの酒田大火で十数年住み慣れた我が家が全焼し、その次の日の朝に、灰と化したそれを見た時である。

母は強かった。父を交通事故でなくしてから、女手一つでぼくと姉を育て、二人とも大学まで行かせてくれた。ぼくも姉も、母が泣いているのを見たことがなかった。父が死んだ時も、涙を流しながら、くずれそうになる自分をささえるかのように、ぼくと姉をしっかりと抱いていたそうだ。

そして、父の家を出たあとも自分で家を建て、洋裁をしながらぼくたちを育ててくれた。だからぼくは、今までに一度も父がいないということで不自由な目にあったことがなかった。つらいことも、きっと数えきれないほどあったにちがいないのに、母がぐちをこぼしたのを聞いたことがない。

　母は、いつも夜おそくまで仕事をしていた。ぼくが夜中に目を覚ますと、母はその大きな体を丸めて仕立てものをしていたし、朝も、ぼくが目を覚ますと母のコトンコトンというミシンをふむ音がもうきこえていた。ぼくが小さい時に、「母ちゃん、いつ寝てんの」ときいた時、「昼寝してるからね」と笑った。昼はいつも集金にかけまわっていることを知っていたが、ぼくはだまっていた。

　もうすぐ姉も大学を卒業する、そんな矢先に酒田大火は起こった。海風にあおられて火が燃え広がり、だんだんと我が家に近づいてきても、不思議と焼ける気がしなかった。そして消防団の避難命令がでて、ぼくと母はとりあえず、持てる身のまわりのものだけを手に、親戚のところへ身を寄せた。一晩中火は燃えつづけ、翌朝、ようやくおさまった。母はぼくが寝ているうちに、一人で我が家を見にいったのだそうだ。自分が女手一つで一生をかけて建て、そしてぼくと姉を育てた家は、無惨にも灰になっていた。

　あの強い母が泣いていた。がっくりと肩を落とした後ろ姿に、ぼくは年齢を見たような気がして、ひどく悲しく、涙が止まらなかった。あの父が死んだ時、ぼくを抱きしめた母は、今度はぼくに肩を抱かれて泣いていた。

今、母は姉と二人で酒田の罹災者用の新しいアパートに住んでいる。去年の冬に、カゼをこじらせて、腎盂炎《じんうえん》という病気にかかってから、すっかり体が弱くなってしまったが、今でも姉と二人で洋裁は続けている。

ぼくにとっては強い母であり、そして強い父でもあった。いつもぼくをしっかりと支えてくれる存在であった。そして今度は、ぼくが母を支える存在にならなければならないと思っている。

幸せに、お母さん

原　八千代（短大二）

お母さん。あと三カ月でお父さんが亡くなって、十九年目になるんですね。私がまだ二歳になる前に、お父さんが亡くなったため、私にはお父さんの思い出などありません。それだけにお母さんのこととなると、一つ一つが明確に思い出されます。

姉と私と弟を育てるために、夜寝ないで働いていましたね。あれは私が小学校三年ぐらいの時からだったですね。夕方、夕食の仕度をすませ、六時頃には勤めに出かけ、帰るのは夜中の三時、四時でしたね。小学校六年の姉が朝食の支度をし、毎朝私たちは学校へ通いました。食事はいつも三人でした。私たちの帰りが遅いと、一日中話をしない日もありましたね。

早朝、市場へ卸すための寿司を製造するため、夜働かなければなりませんでした。しかもその職場で得られる給料は、今までの下請け工場よりはずっとよかったから、お母さんは勤め出したんですよね。昼間は、電話がかかってきたり、人が訪れたりして、よく寝られないと言っていましたね。でもそれ以上のぐちは決して言わなかった。あの頃が一番苦しかったんだろうと、今になって初めてわかります。

あれは私が高校三年の時でした。同じ職場で勤める男性とのあいだに再婚話が出たのは……。高二の冬頃からよく家に来るようになったその人のことを、私は快く思っていませんでした。お母さんと口をきかない日が何日あったでしょう。そして、私なんて生まれてこなければよかったのにと、お母さんに対して言ってしまったことがあったのを、お母さんは覚えていますか。

あの時私は初めてお母さんの涙を見ました。一生忘れることはできないでしょう。絶対に言ってはならないことばを私は言ってしまったのです。あの時のことを考えると、今でも胸をしめつけられる思いがします。

それ以来私は悩み続け、しかし決して再婚を許そうとはしませんでした。私も苦しかったけど、お母さんはそれ以上に苦しかったことでしょう。でもお母さんの気持ちなど考えるゆとりが、その頃の私にはありませんでした。相手の男性の年齢が、お母さんよりずっと年下だったということが、一番私を苦しめました。

大学に入り、「心塾」に入り、いろいろな人と知り合い、街頭募金を始め、多くの経験を重ねるうちに、私も少しは成長しました。そして何年かぶりに、お母さんと心の底から話しましたね。話せて本当によかったと思います。私の心も軽くなりました。

今まで一度も言えなかったけれど、今日ここで言わせて。お母さん、ごめんなさい。私って、お母さんに似て意地張りだから、喧嘩しても謝ったことないのよね。

姉も弟も働いているし、私ももうすぐ卒業。今年の春二人で開いた寿司屋も落ち着いてきたし、もう何も考えることはありません。一日も早く再婚して下さい。今まで苦労したんだもの。死んだお父さんだって許してくれるよ。四人のなかで、一番最初に結婚するのは絶対にお母さんでなきゃだめだよ。お母さん自身の幸せを考えて。

お母さんが結婚したって、私たちはお母さんの子供です。喧嘩しても相変わらず謝らないでごまかしちゃう私だろうけれど、お母さん、これからもよろしく。

平和の殺人罪

小俣富美子（大二）

文明の発達したこの世の中に、どうしてこの悲惨な交通事故、この恐ろしい車の事故をなくすことができないのでしょうか。この世で人命ほど大切なものはないと思います。ちょっとした不注意から、あわれな交通犠牲者がふえているのは、私達の交通道徳心が欠けているからではないでしょうか。さまざまな交通法規、いろいろな運転者教育などが決められています。それを守らないために他人の幸福をうばい、多くの交通犠牲者が出ているわけではありませんか。

私達兄妹三人も思わぬ事故のため、父と母、それに妹の三人を一度に失い、その上祖母は、あまりにも大きなショックで、間もなく亡くなりました。その時の私達の悲しみは、目の前に大きな爆弾が落ち、世界中が真っ暗になったようで、気もちがうかと思うほどでした。大勢の友達からのはげましの手紙も、みなさんからのなぐさめの言葉も、どれだけの救いになったことでしょう。ただ、父の笑顔や母のやさしく呼ぶ声が聞こえるような気がしてなりませんでした。そして、無気力で学校に通いました。学校から帰っても、母の「おかえり」という声は聞こえず、祖父も仕事のつごうで留守がち。ほんとうにつらいさみしい毎日が、早くも三年過ぎました。

今はしかたがないと思いながらも、やはり、思い出されるのは父母が顕在であった時のことです。あの時、私の合唱の発表会がありました。そのしたくのために甲府に行って買い物をしての帰り、災難にあったと思うと、ほんとうに父母にすまないように思います。年とった祖父や、兄にあまり心配はかけまいと、なれないすいじや掃除など、母のかわりを、いっしょうけんめいつとめています。くずれたしもやけが風にしみるようになると、いっそう母のことを思い出さずにはいられません。

今、私達はしっかりした祖父にたよることができますが、もし、祖父が亡くなりでもしたら、これから先どうやって学校に行ったらいいのでしょうか。月に千円とかの遺児手当で、私達のような遺児が救われるのでしょうか。

平和の殺人罪とも言われる交通戦争。これをなくすためには、もっとしっかりと、きびしく交通法規を定め、この法規を無視して事故を起こしたなら、被害者の損害はもとより、遺児の生活保障をさせるくらいのことをさせてもいいと思います。もし加害者にその能力がなかったなら、国で立てかえてでも遺児を守っていただきたいのです。

私のような子供がこんなことを言うのはおかしいかも知れません。でも遺児の方々の中でこう思うのは私だけでしょうか。これからは是非、社会保障、また奨学制度などを充実して、私達、遺児の行く末を開いて下さい。

交通遺児家庭の生活危機 ―― 副田義也

交通遺児育英会がおこなっている交通遺児家庭の調査に、私は、この一一年間、企画と分析の仕事で責任者として参加してきた。仕事はやりがいがあるが、もどかしさがたえずついてまわる。

年々の調査は、交通遺児家庭がかかえる生活問題が次第に深刻化していることをあきらかにする。マスメディアはそれを報道し、世論は関心をよせてくれる。しかし、事態はいっこうに改善されないのだ。どうしたらよいのか。

端的な例をあげよう。

深刻化する貧困問題

毎年の調査で主要な柱のひとつは家計調査である。これは、最初は、交通遺児家庭の母親たちに呼びかけて、日々つけている家計簿を貸してもらい、それを集計することからはじまったのである。のちには、あらかじめ協力者の母親をつのり、そこに二カ月分の家計簿を送り、記入してもらうようになった。

職業と家事の両立のために、時間的にも体力的にも無理をかさねている母親たちが、家計簿の記入のために、さらに大きな負担を背負うのである。私たちは、ただ、その協力に感謝するほかない。

しかし、そうやってえられた交通遺児家庭の家計の数字は、その生活問題の深刻化をもっとも雄弁にものがたる。昨年（昭和五九年）一〇月のばあい、交通遺児家庭の勤労者世帯の実収入は一五万五八五二円、実支出は一九万二八〇四円で、差し引き三万六九五二円が赤字である。赤字を出している世帯は六三・六％におよぶ。赤字は借金、貯金引き出しで埋める。

この交通遺児家庭の実収入を世帯員数の平均で除すると、世帯員ひとりあたりの実収入は四万一〇一四円になる。これを一般勤労者世帯のばあいと比較してみよう。この稿をかいている現在、入手することができるその家計についての最新の資料は、総務庁（現総務省）統計局の『家計調査報告』の昨年九月分である。これによると、一般勤労者世帯の実収入は三四万七二三二円、世帯員ひとりあたりの実収入は九万一六一八円となる。

世帯員ひとりあたりの実収入では、一般勤労者世帯のそれを一〇〇％とすると、交通遺児家庭のそれは四四・八％となる。一般の人びとの生活水準の半分以下でくらすことを、交通遺児家庭の人びとは強いられているのだ。この比率の動きを、昭和五〇年から追ってみよう。五〇年八〇・一%、五一年六七・一%、五三年五九・七%、五四年五九・四%、五六年四六・五%、そして昨年、五九年は、さきにみたように四四・八%である。

交通遺児家庭と一般家庭の生活水準の格差はひらくばかりである。世間の人びとがそれなりにゆたかな生活を実現してゆくなかで、交通遺児家庭は次第に貧困の深みに落ちこんでゆく。事態が改善されないとは、こういったことである。調査はその事態をあきらかにするが、それ以上のことができない。もどかしい。

母親の労働条件の劣悪さ

こうして深刻化してゆく交通遺児家庭の貧困問題をもたらす基本的原因は、母親がついている職業の労働条件の悪さである。それは端的に職業収入の低さにあらわれる。

収入の手取り月額を五七年の全国調査でみると、五万円未満七・二%、五万円以上一〇万円未満三七・三%、一〇万円以上一五万円未満三一・五%、一五万円以上二〇万円未満一〇・一%、二〇万円以上四・二%、無回答八・五%、となる。

この年、大学を卒業した女子が公務員になったばあい、初任給は一〇万円程度であった。

若い女性がひとりで暮らしてゆくことができる収入が、その金額であろう。母ひとり、子ども二人、計三人が平均的構成である交通遺児家庭の五四％以上が、若い女性ひとりのための収入を下回る収入で、暮らしていかなければならないのだ。

どういう仕事で母親たちは働いているのか。国勢調査の職業大分類でみれば、技能工、生産工、労務作業者がもっとも多く二九・一％である。つづいて事務一七・一％、サービス業一六・八％、販売一四・七％、などが並ぶ。ブルーカラー、肉体労働者が多い。

しかし、母親たちの仕事の条件の悪さを直接的に示すのは、従業上の地位についてのデータである。

働く母親たちは、雇われて働いているもの七一・〇％と、自営業で働くもの二六・三％に区分される。雇われて働いているものを一〇〇％としたとき、その従業上の地位は、常雇い七〇・〇％、臨時雇い六・〇％、日雇い六・〇％、パート・タイマー一四・九％、となる。

一般に、臨時雇い以下の三つを不安定就労層と呼ぶが、その小計が二六・九％になる。これは、身分の保障がないこと、収入の低さなどに特徴づけられる層である。

自営業で働くものは、雇い人がいない自営業主五一・三％がもっとも多い。ついで内職の二六・五％がある。収入が比較的たかいとおもわれる、雇い人がある自営業主はわずか一一・

六%である。ほかに家族従業員が六・一%となる。

どうして母親たちは、このように悪い条件で働かなければならないのか。

まず、年齢の問題がある。四〇代の母親がもっとも多く、これに三〇代、五〇代が加わる。この年代の女性では、過半数は義務教育修了のみの学歴である。現在、四五歳の女性が中学校を卒業した三〇年まえ、女子の高等学校進学率は全国平均で三〇%台にとどまっていたのである。当然、大多数の母親は専門技術をもちあわせない。彼女たちのほとんどすべては、娘時代に働いた経験をもっているが、結婚を機会に、あるいは最初の出産を機会に、職業をはなれている。そして、五年から一〇年、あるいはそれ以上の年月がたち、ある日、おもいがけない交通事故が夫の生命をうばった。彼女たちは働くことになる。

中高年、低学歴、専門技術はない、職業経歴には長いブランク、これらの事情をあわせもつ女性が求職する。例外的な幸運がないかぎり、彼女がみつけた職業の労働条件は劣悪なはずである。それを彼女たちの責任というのは酷であろう。日本社会が高学歴化し、工業化、都市化する過渡期にあって、女性にたいする差別が、彼女たちにそれらの事情を集中させたのだ。そのマイナスの影響が、交通遺児家庭の母親として働かねばならなくなって顕在化する。

これは、交通遺児家庭の母親のみでなく、すべての母子家庭の問題である。母子家庭の福祉政策は、その母親に、標準的な報酬をもたらす安定した雇用を保障する方策を含まなければならない。母子家庭の母親の雇用促進法がつよく望まれる。

遺児の教育問題

交通遺児家庭の現在の自立のために、もっとも重要な条件が母親への職業保障だとすれば、その将来の自立のために、もっとも重要な条件は遺児への教育保障である。進学の意欲をもつすべての遺児に高等学校への進学、大学への進学を保障することが、かれらに将来の働きがいのある職業、安定した生活を可能にする職業を約束する。

昨年の家計調査の一〇月分で、交通遺児家庭の実支出はさきにいったように一九万二八〇四円である。これを支出費目別にみると、教育に関連するものとしては、教育費一万二六九円、教養娯楽費九一七五円、交通通信費一万五五九一円などとなる。総じていえば、実支出の二割ちかくが、教育のために費やされている。

一般勤労者世帯の支出費目別の支出金額と対比すると、交通遺児家庭の勤労者世帯では住居費がもっとも切りつめられており、ついで食費が切りつめられている。ケース・インタビューで母親たちの声をきくと、切りつめるのが難しい費目として、教育費、交際費、光熱費・水道料が多くあげられる。

切りつめるのが難しい教育費は、そのために一定額の支出がおこなえないということになると、教育そのものを断念することになる。五五年の全国調査は、母親たちに、子育てでもっとも辛かったことを、ひとつ答えてもらっている。子どもに進学をあきらめてもらったこと四・一%、子どもが望むところとは別の学校に進学してもらったこと五・六%、子どもの教育費（授業料、本代、塾の費用など）が十分になかったこと一四・七%……。

この答の重みは、パーセンテージでは十分に伝わらないのではないか。全国で交通遺児家庭が六万世帯という。これによって、さきのパーセンテージを実数に換算すれば、進学を断念させた母親は二四六〇人、進学を心ならずも変更させた母親は三三六〇人、教育費が足りない経験をした母親は八八二〇人である。

高等学校の生徒である遺児たちに進学の希望をきいてみる。それがきまっているもの八三・八%――内訳は、大学までゆく二四・二%、短大までゆく七・六%、高等学校までにする三九・〇%、専修学校にゆく一三・〇%となる。

大学までゆくと答える遺児は、低所得層になるほど減少する。逆に、高等学校までにすると答える遺児は低所得階層になるほど増加する。遺児たちは、自らの家庭の家計状況をみながら、貧しいものほど進学をあきらめることが多くなるのだ。

遺児にはよい子が多い。母をみて子が思うことをきくと、経済的に楽をさせてあげたい八九・九%、母の健康を心配している八三・七%、年老いた母の扶養については、どんなことをしても養うと答えるものが、五二・一%である。一般青年の調査では、これは三四・五%であった。交通遺児は親おもいである。また、学級活動への参加でも、リーダーシップをとるもの、積極的なものが、交通遺児には多い。

彼らに、望むように勉強させてやりたい。彼らのための授業料の減免のいっそうの拡大、奨学金制度のいっそうの充実を切に願うものである。

（二〇二一年三月、『あしながおじさんへの手紙』（サイマル出版会、一九八二）より改稿）

交通遺児救済運動における活字の果たした役割

玉井義臣

交通遺児の作文集に限らず、すべての遺児作文集に共通したテーマが、
①残された家族の悲しみ
②故なく肉親を奪われた怒り
③眼をそむけたくなるようなリアルな描写
があげられます。

本書冒頭に紹介した「天国にいるおとうさま」や第1章の「もう一度かたぐるまして　おとうさん」は、①でしょうし、「なくなってしまえ車」は、交通事故、というよりその原因となっている自動車への怒りを爆発させる②のタイプです。特徴的なのは、小学校低学年以下の生徒による作文に、③が多く見られることです。第1章では「血にまみれた五十円玉」がその典型です。

もちろん、①、②、③すべての要素が入っていることも多いのですが、どの作文を読んでいても、激しく感情を揺さぶられるのは、書いた遺児たちの悲しみや怒りがそれほど大きかっ

たことの証左でしょう。なかでも、奥出昌子さんの書いた「なくなってしまえ車」は、一九七二年九月、スウェーデン・ストックホルムで開かれた「第一回世界環境会議」で宇井純さんにより紹介され、世界的にも大きな反響があったことを付け加えておきたいと思います。

これら三要素すべてが入っていて、読む者を感動させる文章が、今からちょうど六〇年前に、『朝日新聞』「声」欄に掲載されました。「はじめに」でも少し触れた岡嶋信治さんの投書です。全文をご紹介します。

「走る凶器」に姉を奪われて　　　　柏崎市　岡嶋信治　一八歳

こんなことがあっていいのでしょうか。私は、一七日夜、長岡市で起きた長部美代子、重明の母子ひき逃げ事件の被害者、美代子のたった一人の弟です。あのむごたらしい残酷な仕業は同じ人間のすることでしょうか。私はいま深い暗い谷間に突き落とされた気持ちです。

生まれながらにして父を知らない私は、善行と良心と神を信じてきました。しかし、私は小学四年のとき兄を失い、昨年は姉がなくなりました。そしていま、去年の春、長岡に嫁いだばかりの姉が、こんなにもみじめな姿に変わりはてたのです。神はいるのでしょうか。

姉は交通事故で死んだのではありません。小型トラックが残忍な人間のために『走る凶器』と化し、それに殺されたのです。ぶっつけられたときは姉はまだ生きていたのです。その時、車を止めていてくれたら死にはしなかったでしょう。

いっしょにいた義兄はトラックのドアにしがみつき『止めてくれ』と何度も絶叫したのです。トラックに姉は三百メートルも引きずられ、即死しました。殺人行為となんら変わらない、いや、それ以上に残酷な行為が交通事故という名で軽減され、甘くみられてよいものでしょうか。

そして、酔っ払い運転なのです。これは故意犯ではありませんか。だが、いくら重刑に処せられても私の姉は帰ってこないのです。私は悩みを、だれに聞いていただいたらいいのでしょう。

私は再びこのような残酷な犠牲者が出ないよう、ひき逃げの絶滅と犯人の厳罰を訴えるものです。そして皆様にお願いします。交通事故で最も悪質な、酔っ払い運転やひき逃げの絶滅と厳罰に向かって目的達成まで署名運動を続けようではありませんか。「走る凶器」を追放し、明るい社会を作りあげるために立ち上がってください。

私は知っています。万人の力の偉大さを。

（『朝日新聞』「声」一九六一年一二月一日付）

この岡嶋信治さんの悲痛な叫びは、交通遺児作文の先駆者としてあしなが運動誕生のきっかけとなりました。岡嶋さんには一三〇人の読者から暖かい励ましの手紙がとどけられ、悲しみに沈んでいた彼は勇気づけられて、それらの人びととの文通が始まります。彼はしだいに立ち直り、六年後、「交通事故遺児を励ます会」の設立を新聞で呼びかけました。

昭和四二年四月、「励ます会」が発足しましたが、肝心の遺児の所在はつかめず、頼んだ役所や学校の協力は得られず、早くも挫折、会員も半減します。その頃、岡嶋さんは、やはり三九年に交通事故で母を失い、交通評論家として交通犠牲者救済の論陣をはっていた三二歳の私を、その著書『交通犠牲者』（弘文堂）で知ります。岡嶋さんは、当時「桂小金治アフタヌーンショー」の「交通キャンペーン」にレギュラー出演していた私をテレビ局に訪ね、運動への協力を申し込みました。私はその熱意に打たれ承諾し、被害者の二人が二人三脚で歩むことになります。昭和四二年七月のことでした。

同年一〇月、第一回街頭募金が行われました。残った「励ます会」同志八人で一日一〇時間を八日間、数寄屋橋と池袋でぶっとおし声をからして支援を訴えました。三〇万円が集まり、これが後の交通遺児育英会発足資金となりました。

四三年一月、アフタヌーンショーに私の企画で田中龍夫総務長官を招き、遺児中島穣君が作文「天国にいるおとうさま」を朗読するや、悲しい感動が全国の茶の間をおおい、田中長官は即座に交通遺児の実態調査を約束してくれました。

岡嶋君と励ます会会員は、勤め帰りの空腹を抱え、遺族家庭を訪問し、「今なにをしてほしいですか」を尋ねました。調査結果は悲惨の一語につきました。都内六〇軒の交通遺児の母親は異口同音に、「子どもを高校へ進学させて」と訴えてきたことから、運動方針を育英会づくりにしぼったのです。

作文集『天国にいるおとうさま』（サイマル出版会、一九七〇）刊行により、世論はさらに盛り上がります。私は国会での陳情活動を重ね、同年一一月、「国が育英財団づくりと資金を援助せよ」という国会決議をとりつけました。佐藤栄作内閣はこれを了承して、四四年五月、ついに財団法人交通遺児育英会（永野重雄会長、玉井専務理事、岡嶋理事）が誕生しました。発足資金は岡嶋「励ます会」の捻出金一千万円でした。

それから一五年、五九年度末で二万六千人の遺児が使った奨学金は百十余億円になります。

さかのぼれば励ます会の一千万円、さらにさかのぼれば最初の街頭募金の三〇万円が原資です。岡嶋さんの「声」欄投書では一三〇人の励ましの主がいて、多くの若者ボランティアを生み出しました。中島穣君の作文は、世論を、政治を動かしたのです。

歴史を振り返りますと、交通遺児救済運動における活字の果たした役割の大きさに改めて再確認します。若者ボランティアを動かした岡嶋青年の情熱と報恩。その彼の情熱と恩返しを支えたのは、「声」欄の投書を読み、岡嶋さんを暖かく励ましてくれたあの一三〇人の励ましの主だったのです。

この一三〇人の励ましてくれた人こそは岡嶋さんにとってのあしながさんであり、歴史をふり返れば、この交通遺児救済運動最初のあしながさんと呼んでいいのではないでしょうか。

（二〇一一年二月、『あしながおじさん物語』（サイマル出版会、一九八五）より改稿）

この度、交通遺児作文を読み直していて、三人の名前に目が留まりました。「広い心をありがとう」の吉村成夫さん、「ありがとう、あしながおじさん」の青野史寛さん、そして「おばちゃんの手、痛いからイヤだ」の竪場勝司さんです。

吉村成夫さんは、交通遺児として災害遺児への『恩返しキャンペーン』で日本全国を駆け巡り、早稲田大学卒業後は朝日新聞に入社、官による交通遺児育英会乗っ取りに筆一本で対抗しました。橋本龍太郎元総理の「玉井を更迭せよ」という総理府文書をスクープしたことは忘れられません。

青野史寛さんは、高校、大学とバイトに明け暮れながらも勉学に励み、慶應義塾大学経済学部卒業後は超一流企業からの誘いをけって、リクルートに入社しました。その後、ソフトバンクから招かれ人事畑で累進、いまは専務執行役員兼ＣＨＲＯ（最高人事責任者）の重職に就いています。

堅場勝司さんは東大法学部在学中、心塾《こころ》の教育方針について真っ向から私に論戦を挑んできた正義漢でした。朝日新聞入社後は社会部で活躍していましたが、いまはウェブ「論座」編集部員として、健筆をふるっています。

「栴檀は双葉より芳し」と言いますが、この三篇の作文には、のちの活躍ぶりを思わせるものがあるように思え、追記しました。

（二〇二一年三月追記）

第2章　恩返しをしたい ―― 災害遺児の声

恩返しをしたい

柳田加代子（中三　宮崎）

●父親が工事現場で、トラックごと崖下に転落、全身打撲で即死

私の父は、私が歩き始めてまもないころに、生コンに乗っていて事故にあって亡くなりました。それから、兄と私を一生懸命育ててくれた母までも、心臓の病気で亡くなりました。

父が亡くなったときは、まだ小さかったので、ショックなどなかったのですけど、母のときはショックで涙がとまりませんでした。

朝いつもと同じように学校に行き、五時間目に先生から、「お母さんが悪いそうよ」と言われてからすぐに、事務の先生の車で先生と一緒に家に帰りました。家の前には、救急車が止まっていました。家に入ると、兄が泣いているので、「もしかしたら」と、その時思いました。隣の部屋を見てみると、やはり母はやすらかに眠っていました。

それから、葬式とかいろいろなことがすんで、これからどうするかということになり、親戚

の人と話し合った結果、兄は叔母の家から高校に通うことになり、私は伯父の家で生活するということになりました。伯父の家には私より年上の従姉妹が三人いて、よくしてくれました。今は一人は就職し、二人は家を借りてそこから高校に通っています。

私も高校が受かったら、そこから通うことになっています。ここまでしてくれる、おじさん、おばさんに感謝しています。

兄は就職先が決まったし、私は後三年間がんばって、自分にあった就職をみつけていこうと思います。

小学生のころに、私は「お父さんの分まで長生きをするね」と、父あての作文に書いたことがあります。

今では、父の分だけでなく母の分までも長生きして、お世話になった人たちに恩返しをしたいし、交通遺児、災害遺児の人たちの役に立っていきたいです。

泣いてほしくない

おくなだ　しょう（小一　東京）

●父親が断水のため、水源地の様子を見に行く途中滑落死

おとうさんがしんでから、おかあさんはまい日ないています。

おかあさんは、たまにおこるとなきます。おかあさんは、ぼくたちのほっぺたをたたくときもあります。おかあさんがおつかいにいってきてとかいうとき、ぼくはたまに口ごたえをします。おかあさんがかいしゃからかえってきて、へやがちらかってると、おこったりないたりします。

これから、おかあさんにないてほしくないです。おとうさんがいきているときは、おかあさんはないたりしませんでした。

ぼくは、おとうさんとまい日プロレスをやりました。一どだけプロレスでかったことがあります。またプロレスをやりたいけど、おとうさんがいないからできなくて、つまらないです。

もっとスキーもおしえてほしかったです。もっとおとうさんにいきてててほしかったです。

おとうさんはぼくが五さいのときにしんじゃいました。おとうさんはスノーボードで大ぜいの人にはこばれて、おうちにかえってきました。もうふにつつまれて、はこばれてきました。

お父さんはお星さま

上原めぐみ（小一　東京）

●父親が都道を車で走行中、土砂崩れで生き埋め死

お父さん　大きなお星さまだね
お父さんは　お星さまになってしまったの？
めぐみが　いいこにしているか　みているのかなぁ

あっ！　大きなお星さまだ「おーい　おとうさーん」
お父さんは　お星さまだから　へんじがないね

あっ！　ながれぼしだ
おねえちゃんが　いっしょうけんめい　べんきょうしますように

お父さんは　お星さまに　なってしまったけど
でも　めぐみにはおかあさんがいる
こうして　手をつないで　おさんぽできるし
おいしいごはんも　つくってくれるから　よかった

たなばたさまに　おねがいします
お母さんは　手がいたいけど
お父さんがいないので
まいにち　しごとにいっています
はやくリウマチ　なおしてください

サンタのおじさんは　ほんとは　おとうさんなんでしょ

めぐみには　もういないから
サンタのおじさんが　きてくれないのね
おかあさんは　たいへんだね
ひるまは　ミシンのおしごと　よるは　れいとうしょくひんのはいたつで
めぐみが　おおきくなったら　いっぱいはたらいて
ハワイへつれていってあげるね　ねっ　おかあさん

おとうさんをかえしてください

かめ川やすお（小二　東京）

●父親が仕事中に冷凍庫にとり残され窒息死

ボクの大すきな、おとうさん。毎日かいしゃのかえりに、おみやげをもって、かえってきてくれた、おとうさんは、もうボクのそばにいない。

いつもボクのことを「ヤスコロ」とよぶ。おとうさんは、朝はやくから、夜おそくまで、はたらいていた。ボクが朝はやくおきて、「おべんとうとコーヒーできたよ」といったら、おとうさんは「さー、行くか、ヤスコロ　バイバイ、行ってくるよ」といって、それっきりかえってこない。

かいしゃの人がもうすこし早くみつけてくれたら、しなくてすんだと思うと、「おとうさんをかえしてください」とボクはいいたい。

夜になると、ホシがでているか、しんぱいだ。ホシになったおとうさんが、「ヤスコロげんきか」とピカピカひかって、みていてくれるから。

元気を出して、おかあさんをだいじにしていきたい。おとうさんのぶんも、やさしくするよ。

大すきなおとうさん、空の上でみててね。

ぼくは、お父さんの顔をしりません

畑よしひろ（小二　福井）

●父親が漁船で作業中、海に転落して溺死

ぼくは、お父さんの顔をしりません。

しょうわ五十三年十一月二十一日、ぼくが、生まれて四カ月のとき、船にのって、りょうにでて、足にロープがまきついて、そのまま海におちてしにました――とお母さんに聞きました。

いまぼくは、お母さんと二人でくらしています。

ぼくの一つ上におねえちゃんがいました。でも、生まれてすぐにしんでしまいました。

ぼくは、お父さんとおねえちゃんがいたらいいな、と思います。ぼくは、お父さんのしゃしんばっかり見ています。

ほんとうのお父さんの顔が見たかったです。お母さんに聞いたら、お父さんは、やさしい人と言いました。だからお父さんは、きっと天国にいると思います。ぼくは、いま小学校二年生です。

黒こげのミニカー

榑林《くればやし》秀樹（小六　静岡）

●父親がモスクワ空港で日航機の墜落炎上に遭遇し死亡

昭和四十七年十一月三日に、父はスウェーデンの本社へ技術研修に出かけた。

母は、下痢をしていたぼくをつれて、大きな荷物を持って羽田飛行場まで父の見送りに行ったのだそうです。

父が出発してしまうと、その晩は、母の友達の、りつ子さんの家にとめてもらいましたが、急に父がいなくなったので、ぼくが「とうたんないない、来いよお」と一晩中泣き続けて困ったと聞きました。

それから、哲治おじさんに来てもらい、高崎まで送ってもらって、高崎からは、松谷のおばあさんにむかえにきてもらって、やっとのことでおばあさんの家に行きました。

松谷の家に着いてからは、だんだん下痢もおさまり、毎日長ぐつをはいては家のまわりをトコトコ歩きまわっていたそうです。坂道が特に好きで、両方の手をうしろに組んではせっせと上ったり下りたりしていたそうです。

父の帰る日が近付いたので母は、ぼくと御殿場にもどりました。

十一月二十六日に帰る予定だったのが三日おそくなり、二十九日に羽田飛行場まで、みんなで父を迎えに行くことになりました。

二十九日の朝、テレビのニュースで、つい落した飛行機に父が乗っていたことが分かり、大さわぎになりました。羽田へ行っても、くわしいことは分からないので、母とおじさんはモスクワまで行きました。

母が父のお骨を持って帰ってきた時、小さかったぼくは、母の顔を忘れてしまっていて松谷のおばあさんのかげにかくれてしまったそうです。

父の亡くなった年は、特に寒い年で、昼間でも氷がはっていたそうです。

父のことは『マッハの恐怖・続』という本にも、次のように書き記されていました。

「テトラパック御殿場工場、榑林伸樹郎氏（二十六）＝静岡県。スウェーデンの本社で技術研修を受け、帰国の途中」

この本に、事故機の操縦室のことばのやりとりが書かれていました。

ことばの中に、「ハイヨ」とか、「先ほどは失礼」「やっこらさ」「すみません」など、ふざけたようなことばがあるところから、ぼくは、こんな無責任なことをしているから、事故になったのではないかと思っています。

父が死んだ時、ぼくは、まだ小さかったので、父の顔は、写真でしか見た覚えがありません。父はぼくを、ものすごくかわいがって、おじさん、おばあさんにもさわらせたがらないほどで、いつもだいては、どこにでもつれて行ってくれたそうです。

いろいろ話をしたいのに、残念です。

事故の後、遺品の中に、黒くこげたトラックのミニカーがありました。これは、ぼくへのおみやげだったものです。このミニカーをぼくは、一生大切にします。

お父さんの声が聞こえる

●父親がフィリピンのバシー海峡で大しけでの海難事故

中瀬順子（小六　岡山）

「チーン、チーン」と、奥の部屋でカネの音がした。のぞいて見たら、母が仏だんの前で手を合わせている。いつもより、おがむのが長いなあと思っていたら、おばあちゃんが、「おっそうじゃ。今日は、正和さんの月命日じゃ」。そういわれて、私はハッと思い、母の横にすわり手を合わせた。母は毎月十六日の日には、いつもよりも、お供え物をふんぱつして、おがむのだった。

父は船が好きで、外国航路の船員だった。一九七四年十二月十六日、私が生まれて六カ月、フィリピンのルソン島付近で嵐にあい、そうなんして亡くなった。私はその時、赤ちゃんだったので、母の悲しみ苦しみは、何もわからなかった。

今、私は、十二歳。この年になったら、いくらか、母の気持ちがわかるような気がする。家には、母と私の宝として、大事にしまっているテープがある。これは父が手紙のかわりに自分の声を録音してシンガポールから送ってきた物だ。その中で父が、作詩・作曲した歌がある。母はこの歌を子守歌がわりに、聞かせてくれた。このテープは、大事な大事な父の生の声である。そして私達親子の宝である。もうこの世にいない父の声を二度と聞くことはできないから。

仏だんの引き出しの中に、父がそうなんした当時の新聞や書類などがある。新聞に、当時生まれて六カ月の私の手をにぎっている母の姿が、写真入りでのっている。私は、何も知らずに、気持ちよさそうに寝ている。

今思えば、そんな自分の姿が腹立たしく思える。母の姿は、二十代とは思えない老けた姿である。この時の母の悲しみは……。そう思うと、嵐がにくい、父をうばった海がにくい、ひなんできなかったのか、父が船に乗っていなかったら、いろいろと思う。

父のいないさびしさは、母の兄のおじさんが、そばにいてかわいがってくれるので、うれしいのだけど、今、父がいてくれたら、何をどうしていただろうかな、と想像する。父がいれば、母も勤めに出ず、私の世話をこまめにしてくれていただろうか。外で働いてくれている母の代わりに、少し曲った腰をたたきながら、おばあちゃんが家の用事や、私の世話をしてくれている。

毎年、お盆には、九州の門司にある父のお墓におまいりする。手を合わせ目をつむっているど、父の声が聞こえるような気がする。

「大きくなったなー、お母さんを大切にするんだよ。」

母にも聞いてみると、母もお父さんの声が聞こえるそうだ。

「ありがとう、順子も大きくなったなー。これからもがんばれよ。」

私と母はいっしょに、「お父さん、私達を見守ってくれてありがとう。私達の心の中でいつまでも、生きています」。そう言って、手を合わすのです。そして、私が大人になったら、母を楽にしてあげて、少しでも母のたすけができるように、母がつかれてもたれてもくずれない強いささえになりたいと思います。

命の火

山崎恵子（中一　山口）

●父親が神奈川県三浦市の海でボートが転覆し、溺死

私のお父さんは
私のために　死んだ
おぼれた私を助けたために　天国に行っちゃうなんてあんなにやさしかったのに
くやしいよ
私は
少しでも　少しでも　長生きして
お父さんの分まで　生きなくっちゃ
でないと　天国のお父さんに悪いもんね
だって　私の命の火が消えそうになった時

自分の火を　私にくれたんだ自分の命の火をね

ハチがにくい

小関正枝（中一・千葉）

●父親が作業中、誤ってハチの巣に触れ、ハチに刺され中毒死

私はハチがにくいの
私から父をうばったハチが
あの時のことは今でもしっかり覚えてる、弟は一歳だった
夏の日差しがギラギラと光る中父は死んだ
弟は何もしらないで
ふとんによこたわる冷たく固い父を
トントンとたたいて遊んでいた
母の悲しい顔もおぼえている

私は小さいながらも
泣いてちゃだめって自分で思ったっけ、あれから七年
私はピカピカの中学一年生
母の良き話し相手になってあげるの、父さん
でも生きててほしかった
父さんって言ってみたかった

お金がたりない

高野桂二（中一　島根）

●父親が自宅の窓から十六メートル下の川へ転落、頭を強打して即死

ぼくが二年生の時にお父さんは事故で死んでしまいました。ぼくには上に二人お兄さんがおり、一番上は高一、次は五年生の時でした。

お母さんは家で美容院を一人でしています。お父さんがいなくなってからは、かなしくてな

さけないことばかりです。

一番こまるのはお金がないことです。国とか市から少しはいただいているのですけど、それだけでは大変なようです。

お金がなくて、次のお兄さんは大学に行きたくても行けないからと、お母さんの弟の所にようしに行きました。

お父さんのことでいじめられる

吉廻《よしざこ》浩巳（中二　千葉）

●家族で海水浴中、父親が潮の流れにひきこまれて溺死

私のお父さんは、私が四年生の夏休みの終り、八月三十日に海で亡くなりました。そもそも私が「海に行こうよ」なんて、だだをこねてしまったから、お父さんが死んでしまったのでしょう。

話は変わりますが、亡くなるまでは、私たち（五人兄弟）は、お父さんの事をパパ、パパと

呼んでいた。だけど今はお父さんになっている。いったい、いつお父さんになったのか、と時々思う事が何度かある。本当になぜなんだろうか。

私は、三年生のころお父さんの仕事の手伝いをやっていた。手伝いは、ちり紙交換車の内で手を上げる人を見つけたり、たまに運んだりするだけだけど、日曜日になると、ほかの日よりも早く起きて、お兄ちゃんと競ってまで起きたのを覚えている。なぜそんなにまでして行ったかというと、まず、いつもはお父さんが夜おそくにしか帰ってこないので。もう一つはおこづかい。そのころほしいオモチャがあって、お金をためることもたのしみの一つだった。それ以外に、釣りにも連れてってくれた。とくに仕事の都合か、夜釣りが多かった。

そして海へ行く前にも、高速道路で左右に車をゆらしてふざけていた。

ついてから「雨が少しふっているから、ドライブだけにしようか？」と言ったとき、私たちが「泳ごう」と言ったのも原因になったのだろう。

私はそう言って泳ぎはじめた。少したつと、わりと晴れてきた。だが、また少し雨がふってきた。そのときにお父さんが泳ぎ出した。けど、もどってはこなかった。

少したつと、そこの近くの人たちが、たくさん集まってきた。それから何十分かすぎた。私は車の中で頭をかかえていた。自分が何をしていたのか、自分にもわからなかった。

そして旅館に泊ることになるが、旅館のこともあまり覚えていない。八～九時ごろ、お母さんが他の人たちと、船でお父さんを捜すと言い、外へ出ていった。それから寝るんだけど、やっぱり眠れない。お兄ちゃんたちも眠れないらしくて、「利恵ちゃん、お母さんがいなくても寝ちゃった」なんて言っていた。

私は、お父さんは本当に死んでしまったのだろうか、もしかすると泳いでいたら流されてちがう浜についてしまった、と思っていた。やっぱり本当の出来事でした。私は家に帰り、次の日には学校がもうあった。

学校でもその話ばかりで、うんざりするくらいだった。次の日、遺体が見つかったので、海へ着くと、私はまだ信じられなくって、ちがう人だと思っていたけど、その後お母さんが確めて、お父さんのだとわかった。

悲しいのはそれだけでなく、それから一年たったころには、お父さんのこととかが原因でいじめられるようになって、今も学校へ行けないでいる。

今になってみると、本当にお父さんて言ってみても、出て来てくれない。でも、お母さんや私、お兄ちゃん、妹の心の中には、あのにこにこした顔のお父さんがいる。

赤い血の返事

後藤久子（中三　栃木）

●父親が伐採した木のワイヤーが切れ落下、頭部損傷で即死

父は、口べたで多くを語らない人だった。気性は激しかったが、私にはいつも優しく、そんな父が大好きだった。

父は、幼い時から家計を助けるために働き始め、夢を持ち、ただひたすら努力し、事業を始めた。人から信頼され大きな仕事をしてきた。私の二人の兄は、幼い時から父の仕事場へ手伝いをしに行き、夕食の時はいつも、その日の思いを語りながら食べていた。目を輝かし誇らしげに語る兄たちと、目を細めうれしそうに聞く父。親子を越えた男の世界だった。何度もうらやましく思い、自分だけ、その輪に入れないのがくやしかった。

父は最後まで仕事に生き、そして命を失った。父は、仕事を愛し続けた。自分の情熱のすべてを注いでいた。その仕事中での事故死だった。

私たち家族が駆けつけた時には、すでに息をひきとっていた。信じられなかった。けれど、「お父さん」と呼びかけるたびに、返事をするように赤い血を流すのだった。体は温かく、まるで眠っているようにしか思えなかった。

寒く風の強い中でのお葬式だった。大勢の人々が父のためにお線香を上げてくださった。その姿を見て、父の〝力〟の大きさを思い知った。その時、私はまだ中一で、なんの親孝行もしていなかった。〝悲しさ〟と一緒に〝くやしさ〟が胸に込み上げてきた。ただ涙を流し思ったことは、私自身の夢をなしとげることこそ、父への親孝行なのだと。

それから二年。今年兄は、成人式を迎えた。母は、兄の姿を見て、涙を流しながら、「今日は、お父さんにせめて一目見せて上げたかった。だけど今までケガもさせず無事にこの日を迎えられて、お父さんに顔向けできる」と言った。

そばで聞いていて、私は初めて母もつらいことを一人で耐えてきたんだなあと思った。気丈な母だから、決して弱音なんか言わず過ごしてきたんだ、無理してたんだと。

今まで、「なんでお父さんは、こんなに早く逝ってしまったのか」といく度も思った。けれど私は幸せなんだと、今やっと思えるようになった。災害遺児たちの中には、私よりもずっと早くに両親と別れている人たちがいる。

しかし私は、中一（十三歳）まで父と一緒だった。学校を休み一緒に日光へ仕事に行った。クリスマス会には、私のために大切にしていた木を切ってくれた。一緒に修学旅行へも行った。照れながらも、いつも私の願い事を聞いてくれた父。大好きな、そして尊敬している父。その父のためにも私は、誇りを持って生き続けたい。そして一生懸命がんばって、父にほめてもらえるような人となりたい。

前を向いて

匿名（高一）

●父親が強盗におそわれ、後頭部をなぐられて即死

父が殺されてから、いろいろと忙しくなった。生前、家は銀行で働く父と、ささやかな農業を営む母と祖父の三人で生計をたてていたが、死後は、父のいない農業と、父の保険金で暮らしている。

家でやっている農作業では、どうしても男手が不足して、それまで、あまり手伝いはしてい

なかった畑や田んぼに出て、いろんなことをしなければならなくなった。まだ田植えはやったことはないが、消毒はいつもしている。液体の消毒は、ホースをひっぱるだけだが、機械を背負って行なう粉末の消毒は、最近の祖父には大へんなので、自分がしなければならない。以前は、「体に悪い」といって近寄らせてくれなかったのに、今では、粉末の消毒は自分がするようになっている。実のところ、肩に重いので、あまり好きではない。

しかし、いやなことばかりではない。コンバインに乗って行なう稲刈りは、好きなものの一つである。乗って運転をすることが好きなのである。

しかし、皮肉なことに、父が生きていればやらなくてもよかったことばかりだろう。これからは、もっとたくさんのことをしなければならないだろう。

母は、父が死ぬ前よりも人に会う機会が多くなったような気がする。どうしてかよくわからないが、悪いことじゃないとは思う。いろんなことをしているので、性格が活発なのだろうと思う。

僕が中学一年、弟が小学六年のときである。父はキャッシュカード機械の作業中に銀行強盗に襲われ、後頭部打撲でほぼ即死状態だった。病院のベッドの父を見たとき、僕は、すぐには泣かなかった。葬儀の日、たくさんの人が集まった。たくさんの人が来てくれて何かホッとした。その日はあまり母を見なかった。だれと話したかなど、覚えていない。親戚がたくさんいてよかったと、つくづく思ったのを覚えている。

それまでどおり、友達と付き合っていたのはよかった。父がいなくなっても、苦労が少なかったのは、それまでの父のおかげだと思う。その父に恥じないように、生きていかなければならない。

災害がいつどこから来るか、わからないのは、僕だって同じだ。人間には、どうしようもないことがよくある。しかし、人は、びくびくしてなにもしないわけにはいかない。どんなことがあっても、生きていればかならず、いいことがあると信じていたい。そうでなければ、人は生きていく意味がないと思う。自分たちみたいな人びとを増やさないように、少しでも力になれるように、前を向いて生きていきたい。

父の夢を実現したい

田中千佳（高一　千葉）

●父親がけんかした二日後、クモ膜下出血のため死亡

今でも父のことを思いだすと泣いてしまう。私の母は、私がよく泣いているのを知らないと思う。もちろん姉も……。

当時中三だった私。父との思い出も数少ない。父の死を知ったのは、放課後だった。先生に、「ちょっと教員室に来て」といわれ、先生についていった。何か悪いことをしたかなあと、軽い気持ちで職員室に入っていった。職員室だと話しにくいというので、他の所にいって先生の話を聞くことになった。

先生はいいにくそうに、「今朝、お父さん、亡くなったそうだ」といった。私は頭がボーっとして、何がなんだかわからなくなっていた。その日は部活の朝練があって、朝早くて、顔をあわすことはなかった。それにその頃、父とあまり話す機会がなかった。

私の母は、すごいと思う。私たちの前ではぜったいに泣きごと一ついわない。それなりにつらい事だってたっくさんあると思うのに……。

私は、父に親孝行できなかった分、母にしたいと思う。あと、父が果たせなかった夢を、できれば、私が実現させたいと思っている。それは、今まで父がとった写真を並べて〝写真展〟みたいなものを開きたいという、実現しそうにないことです。

災害遺児家庭の生活実態——副田義也

現在、日本には、災害によって父親か母親、あるいはその双方が死亡して、遺児として残された一九歳以下の子どもが、少なめに推計して六万五千人いる。そのうち、小学校・中学校に在学している者は、約三万一千人であろう。

以下では、それらの遺児を災害遺児と呼び、かれらの家庭を災害遺児家庭と呼ぶ。災害遺児には父親を亡くした子どもが多く、したがって、かれらの家庭の大部分は母子家庭である。

ここでいう災害には厳密な規定があり、先の推計はそれにもとづき、おこなわれている。しかし、理解の便をはかるために多少やさしくいいかえると、災害とは、つぎのようなものである。

①自動車事故以外の交通事故（鉄道事故、船の沈没など）。
②ついらく（高所からのついらく、井戸へのついらく、転倒など）。
③溺死、窒息。
④火災・火焔。

⑤自然災害（落雷、洪水、地震、津波、寒さ、暑さ、飢えなど）。
⑥中毒（ガス中毒、アルコール中毒、薬品中毒など）。
⑦犯罪による被害。
⑧その他。

自動車事故も広い意味での災害に属するが、これについては交通遺児、交通遺児家庭という概念、呼び方が確立しているので、ここでいう災害には、自動車事故はふくめないことにする。

災害遺児家庭の生活は苦しい。その母親たちは恵まれない労働条件で働いている。遺児たちは学費・教育費が充分にあたえられず、進学がおもうにまかせないことも多い。災害遺児のための奨学金制度をつくらなければならない。また、かれらの母親たちのための職業の保障が必要である。これらの事実や要望は、早くから一部の人びとに知られていたが、このところ、社会的注目を集めるようになってきた。

交通遺児育英会は昭和六一年、手持ちの災害遺児にかんするリストをつかって、全国の災害遺児家庭を対象に調査をおこなった。この調査は二部門にわかれ、全国調査と事例調査から成っている。全国調査は郵送法により、全国各地の災害遺児家庭、三五四八世帯を対象にして、一一二七世帯から回答をえた。その結果の概要の一部を以下に紹介する。事例調査は訪問・面接法により一三五事例でおこなわれた。

父親の死は収入低下に直結する

まず、どのような災害によって父親が死亡したのか。具体的な回答があったもののうちで、もっとも多かったのは「自動車事故以外の交通事故」二三・二%である。これにつづく主要なものは「ついらく」一六・八%、「溺死・窒息」一五・九%などがある。ほかに、「自然災害」三・六%、「犯罪による被害」三・四%、「火災・火焔」二・四%、「中毒」一・八%などがある。なお、全体の四分の一、二五・一%では、準備されていた具体的な回答がえられなかった。

これらの災害のうち、どれくらいが労働災害と認定されたか。

「労働災害と認定された」ものは五二・六%である。ほかは「労働災害と主張したが認定されなかった」二・二%、「本人の仕事が自営業で、あるいは勤め先が労働災害保険に加入していなかったので、労働災害にならなかった」一一・〇%、「仕事中の災害ではなかったので、労働災害にならなかった」二二・三%、無回答一一・九%、である。

災害が労働災害でないものは、補償金が支払われないので、その後の経済的困窮がとくにはなはだしい。これは、データはいちいち紹介しないが、資料によってあきらかに確認できる。

災害による主な稼ぎ手である父親の死亡は、ほとんどの場合、災害遺児家庭において、収入水準、生活水準の低下をひきおこす。一カ月あたりの世帯総収入を訊いたのにたいして、対象の五六・〇%が回答をよせてきた。その平均は約二〇万六千円である。

回答をよせたものを全体とすると、当然のことながら、約半数は、この平均額より低い収入でくらしている。それらは「一五万円以上二〇万円未満」二六・五%、「一五万円未満」二〇・五%とわかれる。生活保護基準以下でくらすものは、おそらく二〇%前後であろう。

生活水準の低下は、つぎのテーマからも示唆される。父親の死亡前の生活水準を判定させると「上流」一・〇%、「中流上」二七・三%、「中流下」三四・〇%、「下流上」八・七%、「下流下」三・三%であった。ところが、現在の生活水準を判定させると、「上流」〇・一%、「中流上」五・九%、「中流下」二一・五%、「下流上」二一・九%、「下流下」一六・四%となる。上流、中流が減少し、下流が増加している。

不況下に働く母親たち

母親とその職業や労働条件に目を転じよう。

母親の年齢は「四〇代」六七・四%が過半数を占め、これに「三〇代」二一・七%がつづいている。これは、対象を中学生、高校生がいる災害遺児家庭にかぎったせいもあろう。しかし、母子家庭の母親の年齢は、一般的にみても、四〇代がもっとも多い。

母親の健康状態は「健康である」六五・四%、「病弱である」一七・七%、「病気で治療中である」一三・六%、「病床についている」〇・三%、となる。後三者の合計は三一・六%まで達する。

四〇代の少なからぬ部分が更年期をむかえつつあり、それが影響している数字であろう。

母親の学歴は「中学校」五一・六%がもっとも多く、義務教育のみのものが過半数である。ついで「高等学校」三三・三%、「短期大学」や「大学」はあわせて三・五%しかいない。これも中年期の女性の学歴では一般的傾向である。

母親が収入のある仕事をしているかどうかでは、「している」七九・一%、「していない」一八・四%にわかれる。職業別にみると、比較的多いのは「技能工・生産工・単純労働」二四・四%、「事務」一四・九%、「販売」一三・七%、などである。

労働条件は、さきにふれた年齢、健康、学歴などの状況から当然予想されることであるが、劣悪なものが多い。まず、従業上の地位でみると、身分が比較的安定している「常雇い（正式社員）」は三六・二％にすぎない。「臨時雇い」五・八％、「日雇い」六・八％、「パート」二二・八％、これらは不安定就労と一括されるものであるが、その合計は三五・四％となる。不安定就労では、地位が安定せず、賃金は低く、社会保険などもないのが一般的である。自営業でも比較的安定している「他人をつかっている自営業」はわずか二・六％で、「自分ひとりの自営業」九・〇％、「内職」五・八％、「親兄弟その他がやっている自営業の手伝い」四・〇％となる。最後の二者では収入はきわめて低い。

雇用されている母親の八〇・五％が中小企業、零細企業ではたらいている。仕事をもっているすべての母親の、その仕事による収入の平均が約一〇万五千円である。その低収入をおぎなうために、内職、アルバイトなど二つ目の仕事をもつものが、一三・一％もいる。

しかも不況による影響がある。その影響として高い頻度であげられているものは、つぎのとおりである。「収入が減った」二二・〇％、「仕事がきつくなった」一八・〇％、「仕事が減った」一五・五％、「昇給しなかった」一一・九％、「労働時間が短くなった」六・八％。そのほか、数は少ないが、倒産、馘首《かくしゅ》、配置がえ、給料の遅配、辞めさせようとしてのいやがらせなども、報告されている。

また、仕事についての不安は、五二・八％がうったえている。主要なものは「収入が減る不安」二三・九％、「仕事が減る、なくなる」二一・〇％である。

つよく望まれる奨学金制度

災害遺児家庭のこのような経済状況のもとで、遺児たちの教育費の確保は容易なことではない。

災害遺児の高校生のばあい、入学時にかかった費用は平均して私立普通高校で三一万一五〇〇円、公立普通高校でも二〇万七九〇〇円である。

前者の内訳は「入学金・授業料などの一括納入金」一六万二〇〇〇円、「教科書・制服などの指定品の購入費」七万八四〇〇円、「その他、学業に必要で購入した品物の費用」三万六三〇〇円、「部活動に入部して購入した品物の費用」三万四八〇〇円などとなっている。後者の内訳は一括納入金が一〇万円ほど低いが、ほかは大差ない。

また、かれらの毎月の学費は、私立普通高校で三万九三〇〇円、公立高校で三万二〇〇円である。前者の内訳は「授業料・実験費などの学納金」二万四九〇〇円、「交通費」一万一八〇〇円、「学用品、参考書代」二六〇〇円、となる。これに部に入っていると、さらに五七〇〇〇円が部活動にかかっている。後者の内訳は、学費が約一万円低く、ほかは大差ない。

これらの費用を災害遺児家庭は、文字通り総力をあげてつくっている。毎月の学費の出所でいえば、「母親の勤労収入」五四・八%、「災害の補償金」三〇・八%、「父親の生命保険など」二六・二%、「奨学金」二一・八%、「母子福祉資金など」一一・五%、「子どものアルバイト収入」七・四%、「兄姉の勤労収入」四・八%、ほかに、借金、教育ローン、親戚、知人からの援助もある。

このような状況下で、災害遺児の高校生のための奨学金制度がつよく望まれている。制度の設立については「希望する」四四・四%、その金額で希望がもっとも多いものは「二万円」の三一・一%、などとなっている。

（二〇二一年二月、『災害がにくい』（サイマル出版会、一九八七）より改稿）

愛の松明《たいまつ》のリレーを

玉井義臣

一つの死亡事故の影に悲劇が

子どもにとって、親の存在は絶対であり、親の死は世界の崩壊を意味します。

幼な子は泣き叫び、あるいはじっと淋しさに耐え、亡き父と二人だけの世界を心の中で温めます。やせっぽちの雲を見ては父を想い、夢路でのパパとの逢う瀬を楽しみに床につき、おとうさまの写真をみて泣きぬれます。そして、怒り、訴えるのです。……

ある日、突然ふって湧いた事故を、小さな身体に一身に受け、重い十字架を背負って人生を歩まねばならぬ遺児たち……。友だちが夢を未来に馳せているとき、彼らは妹たちの面倒をみながら夕飯の用意をして、勤め帰りの母親を待っています。夢も希望も無残に粉砕されています。あまりにも苛酷な人生といえましょう。

一つの死亡事故の陰に、数々のドラマがあります。そして、それはいまなお続いているのです。しかも、このドラマは例外がなく、すべて悲劇です。その悲劇を証明する数字を紹介しましょう。

「全国の遺児」約六万人。「父親を失ったもの」九〇％。「低所得者層」六〇％以上。「災害遺児」六万五千人。

これは一七年前、交通遺児作文集『天国にいるおとうさま』のまえがきに、私が書いたものです。

ある日突然、事故によって父親を喪います。子どもにとって、それが交通事故であろうと、火事であろうと、工場での事故であろうと、「世界の崩壊」には変わりありません。

人生は一瞬にして暗転します。父親とは心の中でしか会えません。父親の死の翌日から、母親は貧乏と闘わなければならなくなります。親戚は冷たくなり、世間の対応も一変します。母子心中まで、一度は考えるようになります。

そんな時を耐え、やがて、夢を打ち砕かれた遺児は、その子を必死に守ろうとする母と、身を寄せあって生き抜こうと心に決めるのです。

こんな「災害遺児」が約六万五千人（推計）います。「父親を亡くした者」九四・四％、「母親死亡」四・四％、「両親死亡」一・一％、「生活保護世帯」一九・三％、「準要保護世帯」三一・九％。労働災害と認定されたもの（四八・四％）以外は、補償らしい補償は受けていません。

これらの数字から考えると、災害遺児母子の生活は一七年前の交通遺児母子の生活に酷似しています。いや、それ以上に苦しいのかもしれません。

交通遺児たちの恩返し運動

「僕らは、あしながさんのおかげで高校に進学できた。自動車でないにしても、同じように事故でお父さんを亡くし、お母さんと苦労している災害遺児が貧乏のために高校に進学できないのはどんなに辛いことか。僕ら交通遺児の手で、災害遺児の仲間が高校進学をはたせるよう運動しよう」

一九八四年秋、熊本の交通遺児、宇都宮忍君（国立熊本電波高専三年・当時）はこのように提唱しました。提唱と同時に行動をおこし、災害遺児育英のための〝旗揚げ〟募金を実施したのです。この恩返し運動を応援した細川護熙熊本県知事も街頭で募金箱を持たれ、支援を訴えられました。

若者たちの行動は迅速でした。宇都宮君ら熊本の交通遺児たちは、全国の高校生仲間に「一緒にやろう」と檄をとばしたのです。各地で「全国一斉にやろう」の声が、次々にあがりました。

二カ月後、福岡の三井三池炭鉱の爆発事故で八三人が亡くなると、寒風の中、全国で交通遺児たちが災害遺児のための街頭募金に立ちました。集まった募金は、奥田福岡県知事を通じて、七四一万円全額を育英資金として遺児たちに贈ったのです。

ここで、交通遺児たちの恩返し運動についてふれておきましょう。

「あしながさん——毎月いくらかの奨学金を決めて三年間送り続け、交通遺児を高校に進学させ卒業させてくださる〝教育里親〟」は、一九七九年、交通遺児育英会が資金ピンチのときに創設された制度です。

交通遺児たちがいちばん驚いたのは、あしながさんの多くは、とくにお金持というのではなく、いやふつうの庶民でご寄付も生活をきりつめて月々三千円、五千円を送ってくださる、一般庶民だったことでした。

庶民からの善意の寄付という話をすると、遺児たちは黙ってうつ向き、涙を浮かべました。寄付をしてくれるのはお金持で、どうせ可哀そうだから同情して恵んでくれているんだ、とひがんでとっていたからです。

あしながさんになった動機をみると、「私は母子家庭で高校に行けなくて口惜しい思いをした。かわって君がお行き」「貧乏だったが、奨学金で進学できた。どんなに嬉しかったか」

「ちょうど同じ年頃の娘を交通事故で亡くした」「早逝した夫がウェブスターの『あしながおじさん』を愛読していたから」などなどとありました。

高いところから見下ろしたような同情ではなく、どちらかというと貧乏や不幸を味わった人びとの愛情に、遺児たちは心を打たれ、素直に感謝しました。あしながさんは何も見返りを期待していません。「無償の愛」をさりげなく示すだけだということを知ったとき、遺児たちのかたくなに閉ざされていた心はすこしずつ開かれ、氷解していったのです。

ふつうの人の愛こそが

開かれた心で周囲を見ると、事物がよく見えてきます。交通遺児たちを支えてくださっていたのは、あしながさんたちだけではなかったのです。

発足後、育英会はいつも資金不足でした。これをみて立ち上がってくれたのは、全国の学生たちでした。

一九六九年夏、東京の二人の学生が全都道府県を自動車でまわり街頭募金に立ちました。一九七〇年春には、秋田大学生が全国の大学に「街頭募金に立とう」と呼びかけ。その秋、秋田大の六人がより全国的な募金を、と全大学に募金オルグの旅をして、四百大学をまきこみ、一万人の学生が街頭で「交通遺児に高校進学の夢を」と訴えたのです。

この全国学生交通遺児育英募金の事務局は、全国の一二八大学自動車部からなる全日本学生自動車連盟に受けつがれて発展し、やがて交通遺児の大学生の手に継承されました。以来、学生募金は春秋二回、一九八六年秋で第三三回を数え、募金額は二二億円を超えています。

交通遺児育英会の奨学金一五〇億円中二二億円というと、二割にもならないじゃないか、と思われるかもしれませんが、学生募金が始まると、全国のマスコミは大々的に支援し、国民は交通遺児の窮状に涙し、街頭で十円玉、百円玉を学生のもつ募金箱に投じていただきました。支援の輪はどんどん拡がり、国会でも救済策が論じられ、育英会への政府補助金はふえました。新聞やテレビが報じたのを見聞きしてか、募金の後には各地からの育英会への寄付もふえました。

学生募金こそが、育英会の全募金の機関車の役割をしていたと言えましょう。交通遺児進学の機関車役は学生であり、庶民が賛同して壮大な愛のドラマは進行していったのです。

遺児たちの心からの訴え

交通遺児たちは、あしながさんの無償の愛に感動しました。素直に心を開いていきました。

心を開いて、交通遺児救済運動の歴史を聞くと、岡嶋さんらの励ます会のお兄さんお姉さんも〝あしながさん〟に思えたのです。

募金に立った学生も、お金を入れてくださった通行人の国民も、〝あしながさん〟に違いありません。その数は、学生が延べ六〇万人、ご寄付くださった国民は実に延べ五千万人と推定され、交通遺児たちはいまさらながらその愛の大きさに感動しました。

誰いうともなく、あしながさんに恩返しはできないか、いま高校生にでもできることをやればいいということになり、一九七九年秋、「献血」を始めました。自らは献血をします。街頭では献血を呼びかけます。献血を勉強するうちに、血漿分画製剤のほとんどが輸入に頼っていることから、いちはやくエイズ感染の恐れを告発し、「日本人の命は日本人の血で守ろう」と訴えたのです。

翌一九八〇年は、献血を続けながら、新たに彼らと同じように「困っている人」を考え、災害にあった人びと、夕張炭鉱事故、日本海中部地震被災者、三宅島噴火被災者、島根・長崎風水害被災者のために、全国で街頭募金をすることにしました。そしてその秋、宇都宮君の災害遺児育英募金につながっていったのです。

交通遺児たちは、期せずして二〇年前に、交通遺児救済のきっかけとなった岡嶋青年の「恩返し」運動にならって、災害遺児にむけて運動を始めました。一九八五年二月、救済の速度を速めた実態調査を実現するため、「災害遺児の高校進学をすすめる会世話人代表」だった吉村成夫君らは中曾根康弘首相に直訴し、これをはたしました。実態は先に述べたとおり悲惨でしたが、災害遺児に対してマスコミの反応は鈍いものでした。したがって、国民の関心も高まりません。政府はそれをいいことに動こうともしなかったのです。

吉村君らは、災害遺児の作文集をつくることにしました。全国の仲間が家庭訪問を始めました。「大きなお世話だ」と、お母さんから水をぶっかけられたこともあったと聞きます。寒風吹き荒ぶなかを二時間も三時間も戸外で待ち、やっと帰宅したお母さんに家の中に入れてもらったものもいました。

吉村君らはこんな苦労をしながら、やっと六三編の作文を集め、六一年秋、うち一三編で小冊子『災害がにくい』(サイマル出版会、一九八七)を出版、かなりの反響を得たのです。

災害は四六時中おこっている

しかし一九七〇年、各地励ます会がつくった交通遺児作文集の総集編として、私が編者となってサイマル出版会で上梓した『天国にいるおとうさま』の爆発的反響の感触とはほど遠いものでした。

あのとき十数万部を売りつくし、新聞・雑誌・ミニコミなど何百の媒体に紹介され、それ自体キャンペーンとなりましたが、あの熱気はなかったのです。自動車事故のように、いつ被害者になり加害者になるかもしれない「明日はわが身」という切迫感がないからでしょうか。あるいは、「災害即天災」ととられ、あきらめがあるからでしょうか。被害者にも過失があり、自業自得の意識があるからかもしれません。大災害は報道されるが、個々の事故が工場や家庭内でおこることが多く、衆人の目をひかないためでもあるでしょう。

私は訴えたいのです。たしかに自動車事故のように憎むべき加害者はいないし、「明日はわが身」の危機感は少ないでしょう。しかし、災害は全国で四六時中おこっています。一九八五年の厚生省統計では、一年間におきる「広義の不慮の事故死」（除自殺）は、三万三〇一一人、うち自動車事故死一万二六六〇人ですから、交通事故死者と災害事故死者の発生率の割合はほぼ「一対二」ですが、災害死者は老人や子どもなど弱者が犠牲になりやすいので、遺児の発生率はほぼ「一対一」と推計されます。

この統計だけでは、災害遺児が交通遺児とほぼ同数となりますが、筑波大副田義也教授の推計では災害遺児は約六万五千人（二〇歳未満）、交通遺児は一〇万人から八万人くらいに減少していると見られています。交通遺児は、一九七〇年の死者二万六千人台から現在一万二千人台（厚生省・現厚生労働省統計）と半分以下に減少しており、災害遺児は漸増傾向にあります。やがて遺児数が逆転する趨勢にあり、看過できません。

災害の原因も人災が多い、と考えられます。大雨が降ると、土砂崩れで生埋めになったり、鉄砲水で家が流されるのは、一見天災のようですが、山奥での乱伐、乱開発の人災が原因であることが多いのです。労災事故も約半分を占めますが、経営者側の安全投資、労働条件、危険管理のチェックで防げるものです。火事がおきると化学性物質が煙となって人を殺します。薬物の中毒も多くなりました。他殺で一年に千人も死んでいます。

関東大震災クラスの地震がおきたら何十万、何百万人の死者が出るのか、という恐怖を感じます。大都市の地下街を歩きながら、いま火事がおきたら逃げられないだろうな、と思うことがたびたびあるのです。

日常的な災害死への恐怖

だがそんな大災害でなくても、実は私たちの身のまわりの「災害」が日常的に起こっていることを、この作文集で「災害遺児」たちは教えてくれました。私たちは、現代の科学文明の中で日常的な災害を見落としているのです。災害による死者は、一九八五年の厚生省（現厚生労働省）統計では、老若男女合わせて二万三五一人なのです。もう一度、災害と現代生活の因果関係をほりおこしてみる必要があるのではないでしょうか。

私はかつて口惜しい思いをしたことがあります。一九八〇年夏、東京新宿のバスターミナルで、停車中のバスに酔払いの浮浪者風の男がガソリンをまいて放火、一瞬のうちに乗客四人を焼死させた事件がありました。遺児が生まれました。交通遺児育英会で救済できないかと考えましたが、交通事故ではなく通り魔犯罪ということで、内規により遺児に奨学金は出せなかったのです。

交通遺児たちは、あしながさんに感謝して災害遺児育英募金を進めています。私は、ジャーナリストでもあるので、この運動の社会的意義を考えています。海水浴で泳いでいて死ねば自業自得ではないか。釣りで高波にさらわれるのも。屋根で日曜大工をしていて墜落するのも。そんな反論が聞こえてきそうです。

しかし、いまや自動車事故の三分の一は自損事故です。自損事故で自業自得だから、遺児に奨学金はいらないのでしょうか。私はそうは思いません。アメリカの調査では、自損事故の八割は他に原因がある、とされます。一例をあげれば、そこに夜間の道路照明があれば、穴ボコがなければ、子どもが飛び出さなければ、などなどです。科学文明社会は、富や便利さのためにある程度の危険を容認していることを忘れてはなりません。そこから起こった災害の被害者を社会全体で救済しなくていいのでしょうか。

私は感動をもって聞いた、アメリカのある弁護士のことばを思い出します。

「百歩譲って、百パーセントの過失で死んでも、遺児に罪はない。救うのは社会の責任ではないか」

災害の多くは人災でもあります。たとえ自業自得の災害であっても、遺児に罪はありません。遺児にも憲法で保障された「教育権」は守ってやるのが、豊かで人情ある日本社会、民のための政治を標榜する日本の政治が行うべきことではないでしょうか。

「愛の松明《たいまつ》」のリレーを

災害遺児育英制度の確立のために、私たち交通遺児救済運動を十数年推進してきた同志は、吉村君らが苦労して集めた作文に加え、私たちでも集めました。選ぶにあたっては、作文の良し悪しだけでなく、実に各地で多様に日常的に起こっている災害を知ってもらうために全国に例を求め、いろいろな事故について選ぶことを心がけたのです。

本書（『災害がにくい』）の編集にあたっては、交通遺児の多くの大学生・高校生が、かつての励ます会の岡嶋さんらのように大変な苦労をしました。育英会ではかつて栃木や北海道で励ます会の代表として作文を集めた、工藤長彦、吉川明君らたくさんの同志が、手を貸しました。編者は私ではなく、吉村君たちです。それでもあえて私が責任者となったのは、災害遺児育英運動も交通遺児の運動の延長線上にあることや、お金をあつかう運動でもあるので、社会的な責任の所在を明らかにしておきたかったからです。

一九六一年の岡嶋少年の投書への励ましに始まった四半世紀にわたる運動は、どこにもいるふつうの人びとの愛の運動でした。励ます会の若者も、秋田大生も、大学自動車部の学生も、街頭募金に善意を寄せてくださった多くの国民も、あしながさんも、みんなみんな「愛の松明」のリレー走者でした。日本人の心の荒廃が叫ばれる中で、全国民参加型ともいっていい多数の人びとによって、三万人もの交通遺児が進学できたのです。

いまその愛の松明を交通遺児が担い手になって、災害遺児のために走り始めています。五年たって、まだ夜明けは来そうにありません。でも、松明の数がふえれば、災害遺児だけでなく、日本社会は明るくなります。そのことを信じて、彼らはひたすら走り続けています。

国会の場で、中曽根さんは「育英制度を検討する」と言明しましたが、一向にらちがあきません。経済界も円高対策と財テクに忙しく、我々を振り向いてくれないようです。
交通遺児作文集を世に問うた十数年前にならって、祈りをこめて世の多くの人びとのお心に訴えましょう。交通遺児たちの運動の意味をご理解いただき、ご支援を賜りたい。拍手だけでもいい。ご声援だけでもいい。世論によって政治を動かす以外に道はありません。なにとぞ、より大きいご支援で。

（二〇二一年三月、『災害がにくい』（サイマル出版会、一九八七）より改稿）

第3章　黒い虹 —— 阪神・淡路大震災遺児の声

黒い虹

秋元かつひと（小五）

「かすみのつどい」で絵をかきました。
「きれいなにじ」をかきました。
青と黄色のにじをかきました。
月をかいて、空を黒くぬりました。
ぼくをたすけてくれた、お父さんのことは、夜におもいだします。
よくこわいゆめをみます。
いつもおねえさんが、大きいこえでおこしてたすけてくれます。
学校でともだちに、よくどつかれ、いじめられます。
でもブランコやスベリだいが大すきです。
べんきょうはきらいだけど、しゅくだいはちゃんとしていきます。

ゴトゴトさんがつれていったの

道綱正美（四歳）

パパ、まさみをおいてひとりでてんごくへいってしまった
パパにてがみをかくからね
パパ、なんでおそらにいったの
ゴトゴトさんがつれていったの
マーチャンのおうちにきていたらよかったのに
たかしマーチャンのところにきてね

この詩は、地震で亡くなったお父さんの姉にあたる伯母さんが、八月十二日に正美ちゃんがつぶやいたことを書き取ったものです。詩の中の「ゴトゴトさん」とは地震のこと、「たかし」はお父さんの名前です。

ガイコツに追われたゆめ

窄《さく》　弘行（小三）

地震のあとで見たゆめは、こわいゆめでした。
ぼくが、へんな、わからないところに立ってて周りを見たら、ガイコツばかりで、
だれかがちかづいてくる音がしました。
それも、ガイコツでした。
ガイコツが、口からへんなこうせんをだしました。
ぼくがしゃがんだので、こうせんはガイコツに当たりました。
ラッキーとおもいました。
でも、ただラッキーだったからです。
こんどは当たりました。
そして、いたかって、ぼくは死んだゆめを見ました。

すごい、こわかったです。
あんなじしんがきたらたいへんだから、ぜったいきてほしくないです。
じしんはこわい、いつくるかわからないから気をつけてください。

お空から見守っていて

大崎慶子（小四）

お母さん、今わたし達は、いつもどおり元気でやっています。
友達とも元気に遊んでいます。
おばあちゃんや、いろいろな人達が、
おかしやいろんなものをもってきてくれます。
わたしは、学校の地区別じどう会の副代表になりました。
それと、入学式でも、学校に入ってくる子の事を、
みんなに教えてあげる役になりました。

家では、お手つだいもがんばってやっています。
これからも、毎日、勉強やスポーツ、家の事など、
なんでもがんばっていきます。
だから、いつもお空から見守っていてください。

とってもくやしい

銘田《めいだ》真奈美（小五）

一月十七日のじしんから、もう二ケ月がたった。
「神戸の町には、じしんはこない」と思っていたのに、じしんがきた。
十七日の日、ねているといきなり「ゴゴゴー」の音がした。
私はおもいっきり家ごとゆれた。こわかった。だから、ずーっと目をつぶっていた。
じしんがおさまり目をあけると、外はうすく白かった。
目の前には、電線があり、何が何だかよくわからなかった。

妹をおこして外に出た。
しりあいの人に会い、おばあちゃんの家へ連れてってもらい、終わった。
明るくなるにつれて、ヘリコプターが、私の上空を飛び回っていた。
むかついた。人のことだと思って、と思った。
そして、家を見ると全かいだった。とても、とってもくやしい。
お母さんは、じしんのおかげで死んでしまった。泣きまくった。今でもくやしい。
「お母さんを返せ！」とさけびたい気持ちが、ずーっとまだ残っている。

ごめんなさいお父さん

山内亜喜子（中一）

地震の前の日お父さんにおこられた
私は好き嫌いがひどい子
自分の好きなものしか食べないわがままな子

地震の前の日お父さんが作ってくれた「水たき」も、
私が食べやすいようにと
いっしょうけんめい工夫してくれた
「食べたくない」と言っておこられた
いやいやで食べたけど、味はけっこうよかった
私は今反抗期
でもなおそうと思えばできた
おいしかったら素直によろこべばよかったのに……
そうしなかったのがいまとてもくやしい
ごめんなさいお父さん

本当は先生になりたい

藤本竜也（中一）

あの世ってどんなところなのですか？
とても美しいところですか？
ぼくは、小学校の先生になりたかったけど、今は美容師になりたいです。
でも、本当はまだ、先生になりたいと思ったりして、まよっています。
先生になるには大学までいかなければならないからです。
地震の日はこわかったです。
ぼくも、こんなに家がつぶれるとは思ってもいませんでした。
だから、あまり思い出したくありません。
時々、お父さんと弟のひろあきが夢にでてきます。
今なにをしているのか、と考えますが、ぼくには全ぜん想像がつきません。

だから、あの世がどんなところなのか知りたいです。
でも、ぼくは、お父さんとひろあきの分、生きたいと思っています。

死にたかった

T・M（中一）

じしんの時、二段ベッドにねていたら、
ゴーッと地なりがして、ものすごくゆれた。
ゆれたかと思うと、ドッスーンと家がつぶれて下じきになった。
その時、私は「もう死ぬんじゃないか」って思った。
もし、死んでもべつにくいはないから、
死にたかったな。
そうしたら、そのかわりにお父さんもお母さんも助かったかもしれないのに……。
ごめんなさい。

あの時、じしんがおさまっても、だれも助けにきてくれなかった。

外では人の声がしていたけど、

「自分が助かればべつに他人が死んでもいい」

というようなことを話していた。

人間はみんな自分かってで、他人なんてどうでもいいんだ！

でも、私もそうだったけど……。

進学の夢あきらめない

横山美也子（高一）

地震が起こって五時間後には救出されたのに、その日の夜にお父さんは死んでしまいました。

すごく悲しかった。

お父さんとは、結局最期まで話すことができませんでした。

お父さん、地震の前夜、みんなでたくさん話をしたね。とてもうれしかった。

今まで反発ばかりしていてごめんね。もう一度ゆっくり話したいね。

お父さんが死んでから、まだそんなに日もたっていないのに、悲しいことやつらいことが
本当にたくさんあった。

だから、これからは何があっても大丈夫だと思う。

お父さんのことは、お母さんもお姉ちゃんも私も決して忘れないからね。

大学をあきらめようと思ったけど、やっぱり行きたいのでがんばることにしました。

もう食えない手料理

萩本康雄（高二）

十七年間親子ゲンカやいろんなことで迷惑かけた
それももうこれからはない
オレは頭が悪かったから

県外の高校へ行って寮に入って高い金を出してもらった
何度も「仕送りくれ」と電話して困らせた
帰省するたびやさしくしてくれたのに
オレは冷たくあたった
うっとおしくて、自分の部屋に閉じこもりしゃべりもしないで
金だけもらってさっさと寮に帰った
あのときは別になんとも思わなかった
今は親不幸だったなと思ってる
おふくろはもういない
手料理ももう食えない
いくら悔やんでもおふくろはもう二度と帰らない

「笑顔」で死んだ父さん

山田　愛（高三）

私はどちらかというとパパっこだった。そんな私を父さんは姉ちゃんよりもかわいがってくれた。よく二人でボーリング行ったね。

病院におる時、「元気になったら、またボーリング行こな」って言うたん、覚えとう？

病気らしい病気なんて全然せんかったし、はじめのうちは意識がはっきりしとったから絶対助かるって思っとってんで。なのに、急に力尽きてんね。苦しかったやろ？　やっと楽になれてんね。

父さんの死に顔が「笑顔」だったことが、うちら三人の救いやわ。

あれから何度か、父さんの夢見たよ。夢では全然しゃべってくれへんねんけど、生前とかわらず優しいね。

起きた時、涙出とったわ。

「父さんはもうおらへん」てわかってても、時々、ふと帰って来そうな気がする。うちの部屋には、父さんが買ってくれたものがいくつかあるんよ。今まで全然気にせんかったけど、これからはもっと大切にあつかいます。ほんまに、父さんにはわがままばっかり言っとったね。ごめんね。そして、ありがとう。これからは父さんの分まで頑張って生きていきます。

生きていかなきゃ

U・I（短大一）

地震の時、私と祖母は二階、両親は一階で寝ていました。木造建築の古い家だったので、あっという間に崩れ落ちてきました。何がなんだかわからず、気付いた時には真っ暗闇。左肩に強い衝撃だけが残っていました。

その時に聞こえてきた母の悲鳴だけが気になって……。お母さん、死んでたらどうしよう、その思いで胸がいっぱいで、助けなければと、必死で体を動かしました。すると、足元の方にすき間があり、いちかばちか体を動かしていくと、屋根から顔を出していました。

とにかく私は全員に声をかけました。おばあちゃんははっきりした声で、父もうめき声でしたが返事をしてくれました。母の返事はありませんでした。でも、どうすることもできませんでした。

突然、「火事だ！」という声が聞こえ、振り返ると煙がもくもくとあがっていました。出火元は隣の家でした。家はあっという間に炎に包まれました。家族の声は聞こえているのに、火の勢いがすごすぎて、どうすることもできませんでした。

ずっと、私一人が助かったことを後悔しました。パジャマ一枚、裸足の姿で、泣きながら呆然としている私に、今まで面識のなかった人達が食べ物や、コートや靴下、靴などをくれました。

近くの学校では、家が無事だった人々、市外から駆けつけてきた人達が炊き出しをしてくれていました。みんな口々に、

「がんばらないかん。泣いたってどうしようもない」

と言っていました。何だか元気づけられるような気がしました。そして私も泣いたってしょうがない、家族が助けてくれたんだから、生きていかなきゃ申し訳ないと思いました。

次の日、私は近くに住んでいた親戚の家へ避難しました。そして、地震発生から四日後、父、母、祖母の三人の遺骨が見つかりました。

遺骨を拾いに行った時のことですが、テレビカメラが来ていて、ガレキの上に乗って中継していました。それを見た時、すごく悔しくて悲しい気持ちになりました。

そこは私の家ではありませんでしたが、それでもやっぱりいやでした。何だか自分自身を踏みつけられているような気がしました。でも、すごく腹が立つのに何も言えなくて、そんな自分も嫌になりました。

いざという時、本当に助けてくれるのは近所の人であり、一般の人であると思いました。政府は何の役にも立たないんだな、と思いました。今は、政府は地震対策としていろいろな方針を出しているけれど、もうしばらくしたら、たぶん、被災地以外の人々は地震のことを忘れ、政府も忘れ、結局、何年後かに他のところで大地震が起こっても、何も対策をしていないままなのではないでしょうか……。

たった一枚の写真

吉田美保（大二）

成人式の後、
私の振り袖姿を見れなかった父は、
「お祝いに何か買ったらなあかんなぁ」
と言っていた。
母とは
「水曜日は買い物に行くか仕事休んでなぁ」
と約束をしていた。
一月十二日に調理実習で作ったチキンシチューがおいしかったから、
私は次の土曜日にバイトを休んで、父と母に味わってもらおうと思っていた。
しかし、一月十七日、どの計画もはたせぬまま、両親とも逝ってしまった。

思い出の品をほとんど取り出せないまま、家もかたづけられてしまった。
写真をこまめに撮る父だったが、
気がついたときは、家族五人そろって撮った写真は、
私が小学六年のころのたった一枚だけだった。
今になってとても残念に思う。
楽しみにしていた計画も思い出も、
そして父と母の命も、地震がすべて奪っていってしまった。
涙がとまらない。

「がんばってね」と言わないで！

S・H（専門二）

家は震災地のまっただ中にあるのに、当日は学校に近い祖母の家に泊まっていたので、私は無傷です。いつも通り学校へ出かけました。

登校してきた生徒も少なかったので自習をしているうちに、母が病院に運ばれたという連絡を受けて、伯父と車で神戸に向かいました。

電車なら一時間かからないのにひどい渋滞で、丸一日かかりました。近づくにつれて倒壊家屋が増え、想像よりひどいとは思いながらも、わが家だけは無事だろうと信じてました。

家の前に立った瞬間、改めて現実を目の当たりにした思いでした。二階建ての家屋が、どう見ても平屋になっていました。母はいつも二階に寝ていたのに、その日に限って一階で寝ていたらしく、下敷きになって死んでしまったそうです。でも、それを知らされた時も、「何、冗談言っとるの」と思っただけで、ショックは何も感じませんでした。

地震後五時間たって救出された母は、かすかに息をしていたので病院に運んだのに、病院は満員で診察もしてもらえず、

「もうダメだよ」

と言われて体育館に運ばれたそうです。私が行った時には、母はパジャマ姿のまま冷たくなっていました。

〝どうして、まだ生きていた母を病院が助けてくれなかったの？〟

と頭の中をいろいろなことがかけめぐり、とても現実とは思えず、今、私は悪い夢を見てい

るんだと自分に言い聞かせました。

一人っ子の私にとって、母は姉であり親友でした。とても仲が良く、何をするのも一緒でした。人に弱みを見せるのが嫌いな私は、今までは何でもかんでも言っていた母を失って、自分の中に感情を溜め込むようになってしまいました。

私は看護学校の生徒ですが、それは在宅看護をしていた母の影響でした。その母がいなくなってしまって看護への情熱が薄れ、学校を辞めようと思ったのですが、辞めたら母を裏切ることになると思い直し、また通っています。

他人はよく私たち被災者に、「がんばってね」と言いますが、この言葉ほど気分が悪くなる言葉はありません。そんな安直な表面だけの励ましなんて誰も求めてはいないのです。

確かに今でも母を思い出すと悲しいけれど、半年以上過ぎた今でも悲しがって泣き暮らしていても、きっと天国の母は喜ばないでしょう。

春休みに避難所にボランティアに行った時に、五、六歳の男の子の、

「ぼく、お父さんとお母さんとお兄ちゃんが死んじゃったから、おばあちゃんと二人だけなの」という言葉が忘れられません。私も不幸だと思っていたけれど、この子に比べたらまだ幸せなんだから、へこたれちゃいけないと力づけられました。

今までは母が私たち家族を守っていたけれど、これからはそれが私の役目になるのだから、父と一緒にすべてのことに挑戦していこうと思っているんです。

〈特別寄稿・遺児母親からの手紙〉

おまえらばっかりええのん

K・K（三八歳）

父親を亡くして、一番ショックを受けたのは、お父ちゃん子だった就学前の五番目の子です。最後までお父ちゃんに抱きついて離れようとしませんでした。

火葬場で、最後のお別れにと子どもたちが順番に水をかけてあげたんですが、五番目の子がそれをしたあとで、どこかから水を持ってきて、黙々といろんな花に水をやっていくんです。なんだかあぶない感じで、気が気じゃなかったです。精神的におかしくなったら困ると思って、ずっとあとをついて回ってました。でもあの時だけで、ほっとしましたけどね。

今は、みんな泣くこともなくなりましたし、自然にお父さんのことも話さなくなってきました。でも三番目の子は、もう小学生なんですが、私と一緒じゃないと寝られなくなりましたね。それまでは、ちゃんと一人でできてたお風呂もトイレも誰かと一緒じゃないとダメなんです。四番目の子は、どこででも寝るし変化がないと安心していたんですが、この間なんか、あの鉛筆がないから学校に行けんとか、言い出して、何をしてもダメ。一つのことが気になったら、ずーっとそこから離れられないんですよ。

当然でしょうが、そんなふうに、どこかしら地震のショックが尾を引いているところはあります。

今は自宅に戻ってきてますけど、当初しばらくは避難所にいました。

救援物資とか食料が届けられるでしょう。特に食料は、先生たちの好意で、子どもたち優先で配られたんです。

そしたら、だんだんと年輩の人達から、

「おまえらばっかりええのん」

と文句が出るようになり、いやな思いをしたので、手を出さないようにしました。かわりに買い出しにいって買ってきたパンを食べていると、今度はそれにも嫌みを言ってくる……。なんでそこまでいやしくならなあかんのかな、大人は醜いと思いましたね。

小学校はとにかく寒くて大変でした。最初はストーブもあったのですが、余震ですぐストップしてしまいますし、コンクリートの建物で、まったく火の気もないから、毛布を三、四枚かぶっても、底から冷えてくるんです。

子どもたちは、そんな中で何日間も寝てましたから、身体の具合も悪くなりますよね。下痢だの吐き気だのがひどくて、夜中に病院に連れていったこともありました。脱水症を起こした子もいます。

着るものも、持ってきたもの全部汚して、洗濯もできませんから、においがすごくて、捨てるしかない。ズボンもなくなって、紙おむつを使ったり、もう、大変でした。

〈特別寄稿・遺児母親からの手紙〉

娘の最期の蹴り

A・W（三六歳）

夫と娘二人の四人で木造二階建ての一階に寝ていました。全壊でした。

一回目の揺れがきたとき、そのまま寝ようとしたら、本震がきたんです。夫のイビキが聞こえていたんですが、私が手を伸ばしたとたん、屋根が落ちて、それが聞こえなくなりました。手は温かかったけど動かないので、死んじゃったと思いました。

隣で一緒に埋まっていた長女も、足がどんどん冷たくなって、ダメだったんだとわかりました。その足をなでてやりながら、また家族になろうね、さようならと話しかけていたんです。すると長女の足が死後のショックからなのか痙攣して、私の胸を蹴ったんです。

その時とっさに、

「そんなことしたらお母さん死んじゃう」

と言ってしまっていました。言ったそばから、なんてひどい母親なんだろうと悔やみましたが、その蹴りでハッとなり、薄れかけていた意識が戻ってきました。この子の分も生きなきゃと思い直したんです。

意識がはっきりしてくると、はじめは感じなかった家の重さがどんどん増してくるのに気づきました。外から、誰かいたら声を出してくださいと聞こえてくるんですが、声が出せなくて、それでも唸ったら柱を取り除いてくれました。後は必死で出て、

「お父さんと長女がここで死んでいます」

と言ったことは覚えていますが、後はもうダメです。意識がもうろうとしてきて、柱の隙間から見えた空がきれいだったことしか覚えていません。

夫と長女は圧死でした。二人が死んだことに対しては、運がなかったなんて思いたくありません。

悲しいときには泣きなさいなんていう新聞の投書がありましたが、腹が立ってきます。もちろん悪気があったとは思いませんが、泣いたら落ち込むし、力も出なくなるんですよ。いろんな後始末をしなくちゃならないから、泣かずに黙々と耐えたんです。

泣くというのは傷口を広げることでしょう。今は黙って、傷の血が固まるのを待っている状態です。それでも、心にちょっと隙間ができると、一人で泣いてしまうんですけど。

次女はしっかりしてきました。一人でも生きていける感じで、かわいくないなと思う時もあります。でも学校に提出する書類で何度も死亡届を見なければいけなくて、書きたくない、コピーしたいと言っているところをみると、あの子もつらいのでしょう。

働かないと学校に行けないとわかっているので、土日にアルバイトして学費にあてるつもりみたいです。

あの子が以前のようにおっとりして、元の自分に戻った時が、私たち家族の本当の復興なのだと思います。

あしなが育英会は日本社会の貴重な財産――副田義也

一九九五年八月、あしなが育英会はボランティア八一二人を動員して、阪神・淡路大震災による震災遺児家庭二〇四世帯の訪問調査を行った。その調査によってあきらかにされた震災遺児家庭の生活と心理の実態の報告が、震災遺児の作文とともに『黒い虹』の主要な内容となっている。私は、その調査を企画立案し、私が主宰する研究グループがそのデータの学術分析を行っているが、本稿はそのデータ自体の社会的意義を考えて一足先に発表するものである。そのようないきさつがあって、私は震災遺児作文集『黒い虹』全体の監修の役割も引き受けた。監修者として、『黒い虹』について三つの感想を記しておく。

第一は、本書であきらかにされる震災遺児家庭の真実の姿についてである。ここで、はじめて震災遺児家庭の親や子ども、親族などが、震災体験、親やきょうだいの死、残された家族の心の傷、現在の生活の苦しさなどを率直に、時に生々しく語っている。今回の大震災は、この半世紀の間で日本を襲った自然災害の代表例の一つであるが、その被災者の実態がほかで例がないほど多面的に示されている。それはステロタイプのマスコミ報道によっては、けっして伝えられなかったものであった。われわれはこれを読んで、震災遺児家庭への経済的援助と心のケアの双方の必要を認識するとともに、震災遺児家庭の残された家族が互いに支え合い、遺児達の少なからぬ者が不幸の体験をも心の糧として成長しつつあることに感動するのである。私は、これを読みながら、何度も、人間は立派な存在だ、家族は良い集団だと思った。

第二は、本書で報告される調査に参加し、働いたボランティアの意義についてである。この調査ではじめて震災遺児家庭は真実を語った。その主要な理由は二つあると思う。一つは、各家庭があしなが育英会にたいして持っていたそれまでの実績にもとづく信頼感である。これは次でふれる。いま一つは調査に従事したボランティアの主力があしなが育英会の大学奨学生で病気遺児、災害遺児であり、震災遺児家庭の人びとと親を失った悲哀や苦悩を共通して持っていたことである。震災遺児家庭の親子は、訪れてきたボランティアが自分たちと同じ経験をした人間であるのを知って、はじめて心を開く気持ちになったのだ。この人ならわかってくれると思ったのだろう。聞き手の遺児のボランティアも、その話からあらためて自らの親の苦労などを考え、学ぶところがあった。なお、この調査には全国から募集した一般学生のボランティアも参加したが、彼らにとってもこの調査の体験は大きな学習と成長の機会であった。
第三は、本書で報告される調査を成し遂げたあしなが育英会の存在意義についてである。今回の大震災による震災遺児家庭にたいする社会的救援活動において、同会は常に先導的な役割を果たした。これまでの活動記録で具体的に紹介されているので詳しくはそちらで見てほしいが、震災遺児家庭を発見するためのローラー調査、遺児の心のケアのための訪問活動やつどい活動、震災遺児への奨学金特例措置や激励募金など、同会は必要な活動を適切な時期に次々と展開していった。これらの活動が、先に言った震災遺児家庭の同会にたいする信頼感を形成したのである。あしなが育英会がそれらの活動から今回の実態調査までを行うことができたのは、同会の中にこの三〇年近く展開されてきた交通遺児、災害遺児、病気遺児の救済活動を通じて得られた運動のノウハウが蓄積されているからであろう。ボランティア活動への社会的注目が高まる中、あしなが育英会自体が日本社会の貴重な財産になっていると思う。

（二〇二一年三月、『黒い虹』（廣済堂出版、一九九六）より改稿）

一編の作文が生んだレインボーハウス

玉井義臣

遺児のことを何も知らなかった

「かっちゃん」こと秋元かつひと君（小五）は、一九九五年の夏、半年前の一月一七日に起きた阪神・淡路大震災の震災遺児が集まった海のつどいで、「黒い虹」の絵を描きました。月と星をちりばめた空に、虹の橋を架けたのです。緑、青、赤、黄の四色で彩ったあと、赤を上から黒ペンキで塗りつぶしてあります。夜空に黒い虹です。彼の作文には〝よくこわいゆめをみます〟とあります。

震災遺児たちへのアンケートでは、親は〝自分を助けるために死んだ〟〝すまない〟と二人に一人の子が自責の念にかられています。三人に二人は地震を〝いつも思い出す〟と言います。

〝死にたかった。そしたら、お父さんもお母さんも助かったかも、ごめんなさい〟と中学生は作文に書きました。

僕らは、改めて阪神・淡路大震災・震災遺児（五六九人確認）の心の傷の深さに打ちのめされました。

そこで、一九九五年八月下旬から、あしなが育英会は震災遺児家庭の実態調査に入ったのです。副田義也筑波大学副学長（社会学）の指導で、遺児学生と一般のボランティア学生がペアを組んで、二〇四世帯を訪問し、保護者から話を聞きました。

本来なら、他人には聞かせたくない話なのに、お願いした家庭の七割が調査に応じてくれました。遺された方の父親も、母親も、祖父母らも、セキを切ったように胸につかえる思いを二時間も三時間も語ったのです。辛い体験をこんなに語ってくれたのは、共通体験をもつ遺児学生が聞き手だったからだろうし、あしなが育英会の半年間の取り組みに信頼と期待を寄せてくれたからかもしれません。

学生たちは、聞き取った内容を原稿用紙一〇枚ぐらいの報告書にまとめました。一読して唸りました。僕は遺児救済の社会運動に携って三〇年、遺児のことは知っているつもりで、実は何も知らなかったのではないか、と感じたからです。

一つ一つの家族が阪神・淡路大震災のあの瞬間から、生と死を分け、その後一日一日をどんな思いで生きてきたのか、子らだけが心に傷をもつのではなく、遺族一人ひとりの人生もめちゃめちゃに破壊されている様相が、読む人の心に重くのしかかってきました。二百家庭には二百通りの苦しみ、悲しみ、つらさがあります。それらは、安直に話せないし、書けません。忠実にまとめ、読んでもらうことが逝った方々への鎮魂となり、生き残った人びとに励みにしてもらえる、と僕は強く思いました。

遺児とボランティアの記録

三〇年来の敬愛する友、津田康さん（新聞記者、神戸で被災）から、早くに「震災と遺児とあしなが運動を本にまとめては」と強く奨めてくれました。ところが、あしなが育英会では、震災発生四日後に遺児に奨学金特別措置を決めるなど、次々と現実的対応を迫られていたのです。

遺児学生ボランティアを中心に、激励募金、遺児捜しローラー調査、有馬温泉への招待、あしなが学生募金、ボランティアウォーク、激励金の配分と、全力疾走の連続の四カ月だったのです。あしなが育英会では、四月には神戸事務所を開設し、決して十分とは言えない中から職員を二人割くことも決めました。

そして八月の海のつどいを迎えます。乱暴になり、いら立ち、無口になる子らの変化は気にはなっていましたが、「黒い虹」の絵で、私は決定的な衝撃を受けたのです。訪問調査では遺族一人ひとりが背負うさまざまな負の遺産と、根深く癒されがたい心の傷を直視させられ、念を押され、『黒い虹』（廣済堂出版・一九九六）出版を決意しました。

ビルが建ち、神戸の街が復興すればするほど、この子らと親たちは忘れられ、孤立化していくことを私は憂います。オウム真理教による一連の事件一色だったマスコミが、阪神・淡路大震災を集中的に取り上げるのは、震災から一年、一九九六年一月で終わるのでは、という予感と焦りもあります。

親たちの一周忌にこの遺された子らの将来をみんなで本気で考えてほしいと、祈る思いで『黒い虹』を出そうと決めました。そしてもう一人の主役だったボランティア。幾千人のボランティア学生たちの行動はすぐれて人間的な「ボランティア元年」の先駆者でしたし、彼らの仕事は行政を超えました。彼らは、お金と励ましを子らに惜しみなく降り注いでくださった。軽く一千万人を超えるボランティア市民（寄付者もボランティアだ）のことも特筆して記録に残さなくてはいけません。私たち、あしなが育英会も三〇年間のノウハウを駆使して奮闘した、と自負しています。

阪神・淡路大震災関連の多くの記録の中で、この作文は震災最弱者の実態を克明に調査した貴重な記録です。六千人を超える震災犠牲者の中で、愛する親を失った子ら、また愛する子、夫、妻らを喪失した親たちの悲痛な心の叫びを綴ったものだからです。あまりにも重く読むのは辛いが、一人ひとりの死を凝視し、遺された者の心底からの呻きに耳を傾けていただきたいと願います。

なお、実態調査のケース紹介についてはプライバシーを守るため、氏名、年齢、家族構成、職業、住所などは変えたり、ぼかしたりしましたが、あとは事実にそってまとめてあります。

喪われた愛は愛でしかうめられない

お読みいただいたとおり、震災遺児の親を喪失する体験と「その後」は、さまざまな原因で親を亡くすすべての遺児の中で一番大変だ、と言えましょう。

親の死因は大別すると、多い順から①病死、②災害死、③自動車事故死（災害死の一部だが）のほか、自死がある。狭義の災害死は、地震のほか、飛行機事故、火災、溺死、殺人など。

親を亡くした遺児の側からすれば、大変さの一つは「親の死に目」で決まります。

自動車事故の場合、子が見る親は、大半は即死で自宅で見る包帯に巻かれた姿であり、即死でなければ頭を打ってもの言えぬ植物状態です。つまり、子は親の死に目に会えないし、会うのはすでに息絶えた親であり、事故現場でないのでその凄惨さは見ずにすみます。

病死の場合は、病気が、がんか心臓病か脳血管疾患かそのほかの病気かによって、子らへの心理的影響はかなり違います。心筋梗塞や脳溢血で家族の前で突然亡くなることもありますが、大抵は病院である期間治療を受けながら最期を迎えるので、家族はある程度心の準備もできるでしょう。ただがんの場合は告知の問題があり、子どもには死の寸前まで病名を知らされないことが多く悔いが残ることもあります。一般的には一種の諦めの中で「お別れ」をすることになることが多いのではないでしょうか。

しかし、阪神・淡路大震災の場合、ほぼ共通して言えるのは、家族が一緒にいるとき突然家が崩壊して、梁や家屋などの下敷きになったり、はさまれてしまうケースが多いことです。瓦礫《がれき》の中で親きょうだいが生死を分けることほど辛いことはありません。プロローグの秋元一家にあるように、かっちゃんは亡くなっている父親と一緒に九時間生き埋めになって助けられました。「黒い虹」の絵や、吃音《きつおん》がひどくなったり、時にことばを失うのもわかるような気がします。親が自分をかばってくれたために自分だけが助かったと思った子が自責の念を強く抱きすぎて、「死にたい」と言ったり、他の死因の遺児とは決定的に違う「辛い親の死に目」が深い心の傷をつくることも理解できます。

エレベーターやトイレが怖い、狭い所や暗い所が怖い、ボーッとして無気力になる、急に泣く、無口、乱暴、短気になる、不登校、学力低下、アトピーや喘息になる——などなど、愛するものを目の前で亡くしたという悲しみと恐怖と自責を、小さな体と心では消化できるわけありません。大人たちは酒を飲んだり、おしゃべりで気をまぎらわせることもできますが、子ども達はなす術を知らないのです。

他の災害でも、おおかたは交通事故か病気による突然死と似た状況で、親の死と対面する。震災遺児は遺児の中で一番辛い親（きょうだい、祖父母とも）との別れをしていると言えるでしょうし、それがその子の心の傷となり、その癒しには愛と時間が必要だと考えられます。喪われた愛は愛でしかうめられないのです。

また、震災遺児は全遺児の中でもっとも経済的に困窮しています。説明に多くはいらないでしょう。働き手の父親を失った上に、家も家財道具も何もかもが失われます。家のローンはそのまま借金になることも多く、義援金ではこの穴は埋まりません。

ちなみに、交通事故だと自賠責保険から三千万円、任意保険もほとんどの車がかけていますし、生命保険も災害特約で二、三倍はふつうですから、七千万円とか一億円を手にする遺族もめずらしくなくなっています。

災害遺児家庭の半分は労働災害で、労災年金として死亡時の基本給与の約七割が妻に支給されます。

病気遺児家庭には生命保険金しか出ないし、その過半数を占めるがんは入退院、手術回数が多く、死亡時には六割が預貯金ゼロか借金ができていますから、病気遺児の生活も決して楽ではありません。

しかし、家ごとなくなる震災遺児家庭が一番貧乏になり、「負の遺産」を背負っての生活が始まります。やはり、震災遺児が一番大変なのです。

遺児たちの恩返し運動から生まれたあしなが育英会

あしなが運動の当初から、僕らは、奨学金貸与だけでなく、心のケアを重視して毎年夏休みに奨学生と合宿して語り合う「つどい」を開いていました。自助と連帯を目的として、ゲーム、野外活動で打ちとけ合う中で、自分史を話し合わせたのです。

悲しく辛い父親の喪失体験、自分の落ち込み、母親の生活と苦闘を順番に話します。みんなの話を聞くうちに、この世で一番の悲劇の主人公だと思って心を閉じていた子らが、自分より辛い目にあっているのに、生きている仲間が頑張っている姿を見聞きするうちに、「自

書名		読者カード

●本書のご感想および今後の出版へのご意見・ご希望など、お書きください。
（小社PR誌『機』「読者の声」欄及びホームページに掲載させて戴く場合もございます。）

■本書をお求めの動機。広告・書評には新聞・雑誌名もお書き添えください。
□店頭でみて　□広告　□書評・紹介記事　□その他
□小社の案内で　（　）（　）（

■ご購読の新聞・雑誌名

■小社の出版案内を送って欲しい友人・知人のお名前・ご住所

お名前

ご住所 〒

□**購入申込書**（小社刊行物のご注文にご利用ください。その際書店名を必ずご記入ください。）

書名　　冊	書名　　冊
書名　　冊	書名　　冊

ご指定書店名

住所

都道府県　市区郡町

郵便はがき

料金受取人払郵便

牛込局承認

7587

差出有効期間
令和5年3月
31日まで

162-8790

東京都新宿区
早稲田鶴巻町五二三番地

株式会社 藤原書店 行

（受取人）

ご購入ありがとうございました。このカードは小社の今後の刊行計画および新刊等のご案内の資料といたします。ご記入のうえ、ご投函ください。

お名前	年齢
ご住所 〒 TEL　E-mail	
ご職業（または学校・学年、できるだけくわしくお書き下さい）	
所属グループ・団体名　連絡先	
本書をお買い求めの書店 市区郡町　書店	■新刊案内のご希望　□ある　□ない ■図書目録のご希望　□ある　□ない ■小社主催の催し物案内のご希望　□ある　□ない

分も頑張らなければ」と、人が変わったように明るく前向きになるのを、僕らは知りました。自助の精神の芽生えがそこにはあったのです。

七八年、学生寮「心塾《こころじゅく》」を東京都日野市に開き、「読み」「書き」「スピーチ」を中心に厳しいカリキュラムで人間づくりを始め、そこから幾多の有為の人材が育っていきました。

同時に、交通遺児たちは、つどいで聞くあしながさんの無償の愛に感動し、恩返し運動を始めました。同じ境遇なのに奨学金制度のない災害遺児のために、街頭募金、遺児作文集『災害がにくい』(前出)発刊、首相や各政党への訴えなど、たぎるような運動を五年間続け、紆余曲折ののち、八八年四月、災害遺児奨学金制度をスタートさせたのです。

その年の夏、災害遺児が恩返し「病気遺児育英」運動を唱え、やはり五年後の九三年四月には、奨学金制度をつくり、両制度が合併して「あしなが育英会」になるのです。いずれも遺児たちの自助活動の成果として高く評価できるでしょう。

九三年秋、資金豊富(三六〇億円)で交通遺児激減(当時推計三万人)の交通遺児育英会と、一〇倍以上の災害・病気遺児を抱え資金難(五〇億円)のあしなが育英会が一緒になれば全遺児が平等に進学できるという「両育英会合併論」を、あしなが学生募金事務局が提案しました。合併案には、首相、与野党、あしながさん、経団連、励ます会、大方の世論の賛成を得たのですが、「交通遺児の縄張り」を死守する『官僚』という「大きな勢力」との激突になり、僕は交通遺児育英会の専務理事を辞し、あしなが育英会に全力投球することになりました。

この激突は、いわば「官」と「民」の闘いでしたが、官僚主導の「官主主義」から民主主義への過渡期の産物であり、いずれ歴史が判断を下すことと思います。日本がボランティアをより必要とし、「ボランティア元年」といわれる今日、官が民の汗と心まで奪うことはできないことだけは証明されたのではないでしょうか。

心の傷を癒すデイケア・センターを求めて

こんな騒動の中で、阪神・淡路大震災が起こり、あしなが育英会は四日後「震災遺児奨学金特例措置」を決定し、あとは震災遺児一色ともいえる救援活動一筋になりました。

そして今、あしなが育英会とボランティア（活動する学生らと寄付ボランティア）からなる「あしながグループ」が、震災遺児たちに今後なすべきことは何か、を考えています。

進学と心のケアは遺児支援の二本柱であることには変わりないが、遺児の作文や二百世帯訪問調査から遺された親子の悲痛な心の叫びを聴くと、まず遺児たちの心の傷を癒すためのケア活動が急務でしょう。それも腰をすえた、相当長期にわたる継続的なケア活動が必要になってきます。

僕らは二〇余年前のつどいの体験から、親を失った悲しみや、そこから生まれてくるさまざまな苦しみ・辛さなどを心の中にしまわずに語り合うことから、心の重荷をおろし、心の傷が癒されるきっかけがつかめることを学習しました。多くの遺児がそこから自立、自助の道を歩み、成長していく姿を見ました。それはいわば心の「マイナス」の状態から「ゼロ」になり、「プラス」に転化するために、くぐらなければならない関門と言えるのではないでしょうか。

これを「傷のなめ合い」と思う人もいるでしょうが、本章に紹介した副田義也筑波大学副学長の調査分析にもあるように「心の傷がないかのように振る舞う子どもは、体験の記憶から逃げながら内面でとらわれているのだから、心の傷は長く残る」。また、別稿で副田副学長は「自然なかたちで、遺児たちが、震災のことを書いたり話したりするのが、心のケアの第一歩だ」と述べています。

近年、僕らがつどいの自分史語りでやってきた心のケア活動が、アメリカでも行われて成果をあげている、という報告を米国ＡＢＣ放送や『朝日新聞』で見ました。

オレゴン州ポートランドに、八二年に創設された「ダギー・センター」という、遺児のための悲嘆教育施設があります。さまざまな死因で親を亡くした子らが、年齢別、親の死に方などによって一〇～一二人ぐらいのグループに分けられます。子らは亡くなった親の最後の思い出などの体験を話します。

その後、絵を描いたり、劇をして遊ぶのです。目的は、自分の悲しみを創造的に表現するためです。一緒に泣くこともできます。その中で、自分たちはひとりぼっちでない、と知るでしょう。子どもたちは手を握りあって輪になって座り、お互いの温かさを感じながら、ここが安心していられる場所であることを実感します。キーワードは「癒し（Healing）」だといいます（一九九一年一〇月一八日『朝日新聞』飯塚真之記者）。

テレビで見た時、僕は思わず「同じことやってるわ」と叫んでしまいました。僕らのつどいでも、高校生たちは「クラスの友だちには話せないことがここでは安心して話せるし、心の友ができた」と異口同音に言います。「つどいから帰って人が変わったと母に言われた」と聞いています。

「黒い虹」から生まれたレインボーハウス

僕が今ほんとうに心配しているのは、奨学生になれる年齢の高校生や大学生ではなく、幼児や小中学生です。

「子どもは人格が未熟なため、親の死からくる悲しみを処理できず、放っておくと人格形成に大きな影響を及ぼし、その後の人生を方向づける」と専門家は警告しています。調査でも子どものSOS信号と思えるさまざまな「問題行動」が報告されています。小さい子ほど一日も早い心のケアが必要なのです。明日では遅いのです。

しかし、今の職員二人と学生のボランティア・スタッフしかいない、わが神戸事務所の現状では、百人も二百人もの日常的ケア活動はとても不可能です。誰もが日帰りか一泊かで来られて、職員やボランティアと遊んだり、話し合ったりできるデイケア・センターがほしいのです。常時来られる市民ボランティアももっと必要だし、ダギー・センターのようにスタッフの訓練も必要でしょう。

僕らあしなが育英会の本来の目的は奨学金支援で高校・大学進学を促進することですが、今、このような震災遺児の心の傷を見た以上、対象年齢にならないからといって放っておけません。

「デイケア・センターをつくりたい。そしてかっちゃんのような子がいつも来て安心できる〝駆け込み寺〟にしたい」

これは、実は神戸事務所の樋口和広職員の願いでありアイディアなのですが、震災直後から遺児とともに不休で生きる彼の提案を、僕らは実現に向けて運動します。

僕らはそれを「心の家」、愛称「レインボーハウス」と呼んで、震災遺児だけでなくすべての遺児たちの心の憩いの場にしたいのです。かっちゃんらが、黒い虹ではなく、きれいな虹をとり戻すことになればと願って。ご支援を心からお待ちします。

つどいやその他のケア活動は従来どおり行いますが、内容をよりきめ細やかにしようと考えています。

心の傷が癒されなければ、高校進学もダメになりかねません。

喪われた愛は愛でしか埋められないのです。遺児とともに生きていきたいと願っています。

（二〇〇一年三月、『黒い虹』（廣済堂出版、一九九六）より改稿）

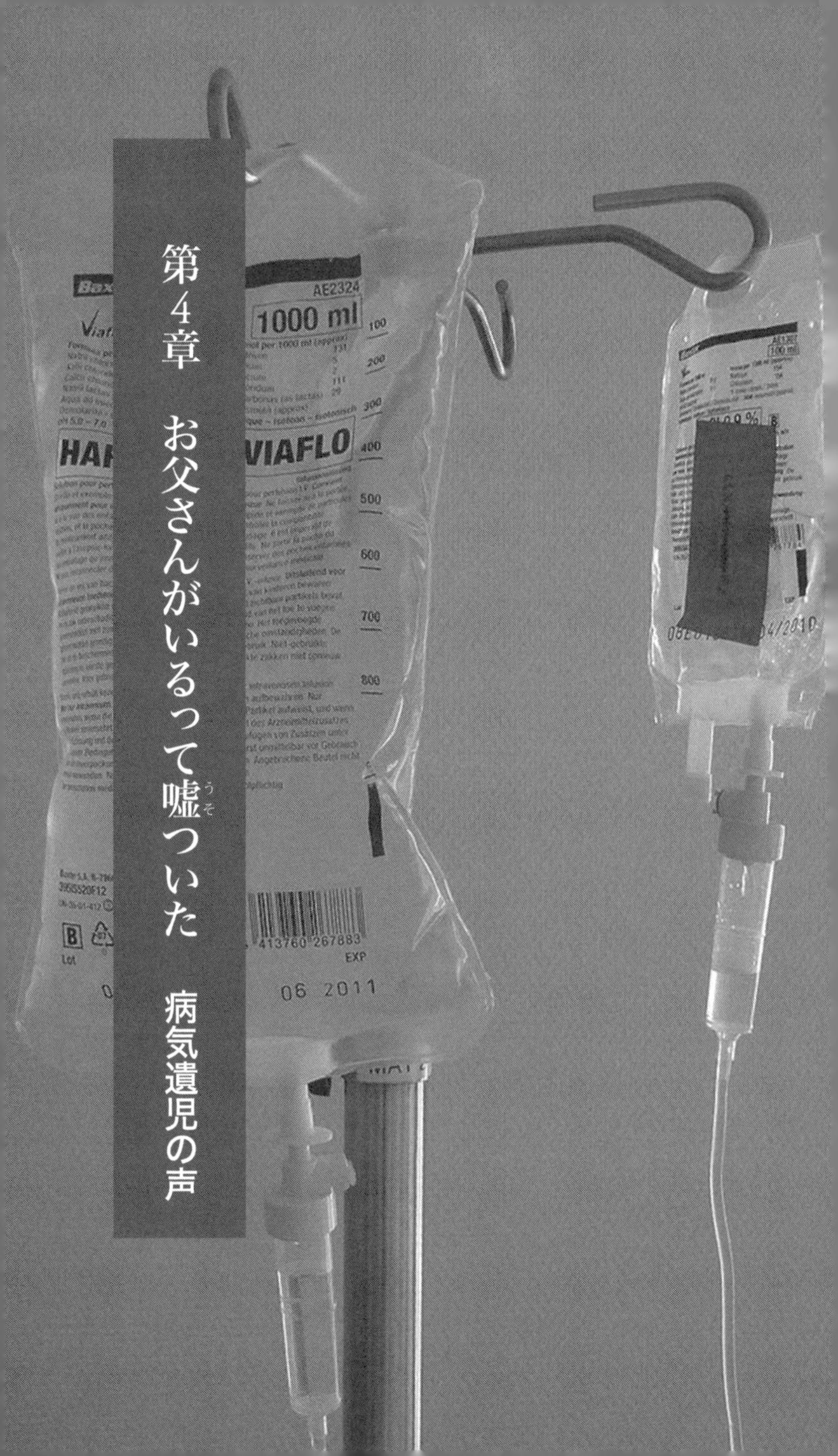

第4章 お父さんがいるって嘘《うそ》ついた

病気遺児の声

お父さんがいるって嘘ついた

杉田香奈（中三　神奈川）

私のお父さんは、私が二歳の時に病気で死にました。だから、お父さんのことはほとんど覚えていません。

そのせいか、

「お父さんがいなくて淋しい」

とあまり思ったことはありませんでした。

小学校に入って、友達同士でお父さんの話をするようになりました。お父さんはどんな職業なのかなど……。

私にはお父さんがいないということを知らない友達に、

「うちのお父さんは普通のサラリーマンだよ」

と、嘘をついたことがあります。

時々、「もしお父さんがいたら」と、思うことがあります。

今みたいなせまい家じゃなく、自分の部屋がある大きな家に住んでいるかもしれない。欲しいものがなんでも買えるかもしれない。

もちろん、お母さんは働いていないから、家に帰るとお母さんがいて、おやつを出してくれる。

こんな夢みる私の周りの友達は当たり前のように過ごしている。そう思うと、仲の良い友達でも憎らしく思います。

それと同時に、私に何もしてくれないまま死んでしまったお父さんも憎いです。どうして死んでしまったの、と思うしかありません。

今は、受験のため、勉強を頑張っています。だから、お父さん、見守っててください。


（急性骨髄性白血病）

バケツいっぱいのなみだ

山口裕子（小三　島根）

わたしが、ようちえんのときの、うんどう会のつぎの日、十月十一日、わたしのお母さんが、ようちえんからかえると、お父さんがふとんにもぐりこんでいる。

「お父さん、お父さん、体がつめたいよ」

お母さんは、まさかと思い、電話をお医者さんにかけた。お医者さんがきた。わたしがおろおろしているとお医者さんが、

「死んでいますね」

といった。お父さんは、がんという病気だった。

おそう式がはじまった。わたしたちは、おそう式にきたというより、あそびにきたきぶんだった。お父さんが、車につめられた。

お母さんは、バケツいっぱいのなみだをながしたようだった。お父さんがやかれてしまっ

た。やけたらお母さんたちがほねを箱に入れるんだけど、わたしはようちえんだったから、お母さんと入れた。

お母さんは、おそう式がおわってからはあまり元気がなさそうだった。ようちえんからかえると中、こうえんの前をとおった。

そのこうえんでわたしとおない年ぐらいの子が、お父さんといっしょに楽しそうにあそんでいた。わたしがお母さんに、

「お父さんは天国にいったの」

ときくと、

「お父さんは天国でゆうちゃんのことみているよ」

といった。


（肺がん）

いっしゅん気絶したお母さん

山田幸子（小四　兵庫）

お母さんが亡くなってもう半年になる。

亡くなる前、お母さんは心ぞうがとまり、いっしゅん気絶した。それは夜のことで、そのとき、私はおにいちゃんといとこと一緒に、お風呂屋さんにいっていた。

帰り道に、私を呼びにきた近所のおばちゃんにあった。

「さっちゃん、ちょっとまって。おかあさんがあぶないねん」

と、大きな声が聞こえた。

ビックリして、とても信じられなかった。

すぐに私たちも病院にかけつけた。ドアをあけるとお母さんが、真っ青な顔をしていた。

お母さんの近くに行って、お母さんの手を強くにぎった。

「お母さんがんばれ、お母さんがんばれ」

と言いつづけた。

お母さんは息ができないから、口からホースをとおして空気をおくった。

その夜は家族みんなで病院のソファーで寝た。私はねながら冷や汗をかき、十五分おきにおきていた。

次の日はお父さんと病室に寝た。

その朝、お母さんは命をなくし、この世をさった。お母さんの顔はきれいだったので、成仏したんだと思った。

お母さんは空の上からみていてくれるので、悲しいけれど家族でがんばろうと思う。


（肝臓がん）

あの日のじん麻疹

小山春樹（中三　愛知）

小学四年生の夏休み、おばあちゃんの家で遊んでいるとき、どうしてできたかわからないけど、じん麻疹が体中にいっぱいできた。するとその日に、お父さんが入院している病院から「すぐ来るように」との、電話がかかってきた。

行くと、お父さんの病室の前には、親戚の人達がいっぱい立っていた。病室に入ったとたん、お母さんたちが泣いていた。ぼくもすぐに涙がでてきた。親戚のおばさんが、「お父さんはまだ温かいよ」といってさわらせてくれた。

しかし、冷たかった。本当に死んだのだと思った。

もっと一緒に遊んでほしかった。もっといろいろ教えてほしかった。お父さんが一番好きだったのに、なんで死んだんだと思った。

いま考えると、あのときのじん麻疹は、お父さんがぼくに「苦しい」と伝えてくれたんじゃないかと思う。僕に苦しみを伝えてくれてありがとう。

(肝門部胆管がん)

とても硬かった手術の傷跡

加藤茂行（中三　福島）

僕の父は頑固だがやさしかった。それに、とても仕事が好きだった。毎日、朝早く仕事に行き、夜遅く帰ってきた。ただ、看護婦をしている母が夜勤の日には、いつもより早く帰ってきて、僕たちの夕御飯を作ってくれた。そんな父もがんの手術をして三カ月後に死んでしまった。

父の遺体を二人の兄と母とでふいていたら、手術の傷痕に小さな点々があったので触れてみた。とても硬かった。母にたずねると、つらそうに「がんだよ」と言った。傷痕のほとんどががんに侵されていた。

父の体をこんなにしてしまったがんがとても憎い……。でも、どんなにがんを憎んでも、父はもう二度と帰ってこない。でも、もし、もう一度だけ父に会えたなら、肩を力一杯もんであげて、「お父さん、お疲れさま」と言ってあげたい。

（胃がん）

天国の泥棒

山中喜代子（中三　宮崎）

お父さんがすわっていたイス、いっしょに行ったあの場所、お父さんが寝ていたあのベッド、そんなものすべてが思い出に変わった。

六人家族が五人家族になったあの日、父は天国の泥棒にさらわれた。どれだけ泣いても、どれだけお金を払っても、泥棒はお父さんを返してくれない。そしてとうとう、小さな箱の中に入り、二度と帰らぬ人になった。

違う父は生きている——私の心の中で。幸せになれとささやきかける。どんなときでも、父はすぐそばにいる。十四年間、私を支えてくれた父。これからも、私を大きな体でずっと支えてくれる。お父さん、私はがんばる。がんばれる気がする。どんなときでも、すぐそばでお父さんが見ているから。

ほら、お父さんがいつもすっていた、タバコのにおいがする。

（胃がん）

泣けない、泣きたくない

田中久美（中三　宮城）

私が小学五年の夏休みにお父さんは死んだ。

その日、私は学校の合宿で花山に行っていて、父のそばにいなかった。それがとても悲しい。

合宿二日目の朝、先生が来て、遠回しに父のことを聞きながら「帰る支度をしなさい」と言った。

合宿所の玄関に、知り合いのおじさんがいた。私は訳もわからず車に乗った。車の中で、おじさんが私にこう言った。

「お父さん死んだんだよ」

私は昨夜、父の顔が頭の中に浮かんだのを思い出した。たぶん、父の死の予感だったのだろう。

家の玄関の前に花輪が並んでいた。父はもうお棺に入っていた。

火葬のときもお葬式のときも、私は泣かなかった。父が死ぬのがわかっていたら、合宿なんかに行かずに、父のそばにいたのに。父は末っ子の私を一番かわいがってくれたんだもの、私の顔を見たらきっと元気になったかもしれない。

四年たった今も、父が死んだとは思えない。だから泣けない。泣きたくない。

（骨がん）

空白の「父親」欄

芦原義弘（中三　和歌山）

父は、僕が幼稚園の年長のときに亡くなりました。

とにかく、小さかった頃の話なので思い出というほどのものはなくて、死ぬ直前に手をにぎってあげたことぐらいしか覚えていません。父が亡くなってつらかったことはたくさんあります。例えば友達なんかに、お父さん、何の仕事してるのなんて聞かれると、何と答えたらいいのか分からず、そのままだまってしまいます。学校で家族構成の調査書を書かなくてはいけないときに、僕だけ「父親」の部分が空白になっているのを見たとき、何かものすごくつらくて悲しいような気分でした。

これから僕は、病気など絶対せずに健康で暮らしていきたいと思っています。

（脳腫瘍）

お父さん、覚えてますか

佐田詩織（中三　兵庫）

お父さんが死んじゃってから、もう五年がたっちゃったね。

今、天国で何をしていますか。私達をちゃんと見てくれているのかな。空を見上げるといつも心の中でお父さんと会話をしている気分になります。でもこの広い空のどこかに、お父さんがいるんだなって思うと、なんだかちょっぴりかなしいな。

私はまだお父さんが死んじゃったなんて思えなくて、玄関から「ただいま」と言っているお父さんの声が聞こえてくるような気がします。けれど、もう二度とその声を聞くことはできないんだね。

ねえ、お父さん、覚えていますか？　私が五年生だったとき、お父さんとした約束。病気が治ったら家族みんなで北海道へ旅行に行こう……私はちゃんと覚えているよ。

でも行けなかったね。

私ね、一つだけ絶対叶えたい夢があるんだ。大人になったら一生懸命働いて、お金をためて北海道へ旅行に行くんだ。その時がいつになるかはわからないけど、その時はお父さんも一緒に行こうね。きっと、きっとだよ。


（不明）

洗えない父のセーター

蛭田真美子（中三　神奈川）

今年の四月二十三日に、父は肝臓がんで亡くなりました。

四十歳でした。

最後の最後まで、

「大丈夫、すぐに元気になるから。」

とくりかえしながら死んでいきました。

父が亡くなってから五カ月になりますが、私が選んだ父のセーターは、洗わないで私のタンスに入っています。

父のにおいと思い出が洗い流されそうで、洗えないのです。

でも、私には、もう悲しんでいられる時間はありません。高校受験が待っています。「病気遺児の高校進学を支援する会」の奨学金が借りられて、自分の希望する進路に進むことができるので、とてもうれしいです。父のはんてんを着て、寒い冬も頑張りたいと思っています。

今、私はみんなが思っているほど寂しくありません。祖母や母や弟がいます。友達もいます。それに、何よりも父がいます。体は焼けてしまったけど、心はいつも一緒です。

先日二番目の弟が交通事故にあいましたが、二トンもの重さのベンツが弟の右足の甲にのったにもかかわらず、骨折はおろか、骨にひびもはいらず、内出血の軽傷ですみました。

こんなに軽傷ですんだのは、父が守ってくれたからだと思います。信じられないと思うでしょうが、ブレーキをかけたベンツが足にのると、子供の足はちぎれてしまうそうです。だから、警察の人も首をひねっていました。

天国の父に、「みんな元気にやっていますよ」と報告がしたい。

(肝臓がん)

温かくならない手

戸川冴子（中三　香川）

私はいまだに三年前の真夜中の事がくっきりと頭に残っています。

夜中の二時過ぎ突然嫌な予感がして目覚めました。十五分ほどたった時、電話が鳴り、その瞬間、

「お父さんに何かあった」

と感じました。私達は、すぐ病院へ駆けつけました。

私は妹と一緒に千羽鶴を次の日の明け方までがんばって祈りました。お父さんも、一生懸命生きようとしていました。目を閉じて寝てしまえば、もうそこで帰らぬ人となってしまうのです。

家族みんなで、

「お父さん！　お父さん！」

と叫び続けました。お父さんのまぶたが必死で開き続けようとがんばっている姿を見て、

「どんなに苦しいだろう、でも私には何の力もない」

と、くやしさでいっぱいでした。

冷たくなっていく手をにぎりしめ、力いっぱいこすりました。こすっても、こすっても暖かくならない手に涙が落ちていきました。

お父さんは最後まで目を閉じず、お医者さんが手でまぶたをおろしても開けていました。

私はその日から、どんなに苦しくてもお父さんが見せてくれたがんばりを忘れず、自分もせいいっぱい生きていこうと思いました。

でもやはり、お父さんが生きていたら、と思ってしまいます。学校の話や私が好きな人の話にどう反応してくれるのかなと……。


(肺がん)

がんと闘う医者になりたい

橘　俊平（中三　千葉）

僕は幼いころから、父によくおこられていたから、死ぬちょっと前まで父は僕の事なんか嫌いなんだと思っていた。

しかし、父が死ぬ二、三日前に、僕にこう言った。

「お前、将来はなんになるんだ」

僕はその質問には、答えられなかった。そのころは、まだ中一だったので、部活のことばかり考えていたからだ。

そしたら、父が僕に、

「オレに、もしものことがあったら、お母さんとお姉ちゃんを頼んだぞ」

といった。

そして、二、三日後、父は息をひきとった。

そのとき僕の頭の中は、真っ白になっていたと思う。僕は息をひきとる前に一度だけ、大声で、

「お父さん！」

呼んだだけだ。

僕は三か月ぐらい、ずっとぼっとしていた。なにをやっても父がほめてくれないし、怒鳴られたりもしない。すべてが無気力だった。

だが、あるとき、父の言った言葉を思い出した。

「お前、将来はなんになるんだ」

そのとき、急に前が見えるようになった。

今までは父の後ろにいればよかったが、これからは、自分の道は自分の力でつくるしかない。

僕はできれば医者になりたい。そして、がんと闘いたい。

そのために、高校にいきたい。母には、さらに迷惑をかけるかもしれないが、一生懸命がんばりたいと思う。

（胃がん）

何度も考えた「退学」

中田裕美子（高二　愛媛）

私の父は昭和六十一年九月十日に他界しました。

最初、「父が亡くなった」という事を耳にした時、本当に何が何やらわかりませんでした。

「まさかっ！　何で！」

と繰り返し叫んでいました。

今思えば、私は父と離れてもう五年ほど過ぎています。

それでも、ふと玄関を見ると「ただいま」と大きな声で、しわくちゃの笑顔で帰ってきそうな気がします。

私は高校に行っています。そのお金は、姉が働いて仕送りをしてくれています。すごく姉には感謝しています。

妹は、育英資金を受けています。

私は何度も、高校を中退して働こうと思いました。母も一生懸命に姉から仕送りして来たお金でやりくりしているし、私にはとても見ていられない時もありました。

私は少しでも母が楽になればと、バイトをしようと思ったのですけど学校の許可がいります。

そう思っているうちに卒業まであと一年になってしまいました。私も、もうあと一年学校に行けば母を助けられます。

すごくうれしいんです。何もできないと思っていた私が少しでも母の助けになると思うと今すぐ卒業したいです。

これからの私の人生は、どうなるかわかりませんが、一生懸命、母の力になるようにしていきたいと思います。一生懸命働いて、母を楽にしてあげたいです。

（不明）

がんによる家族の喪失体験とあしなが育英会の存在意義 —— 副田義也

一九九七年六月から八月にかけて、あしなが育英会は全国のがん遺児家庭三〇八三世帯を対象にして、がんによる家族の喪失体験を主題にした調査を実施した。がん遺児家庭とは、がんによって父親あるいは母親、または両親に準じる保護者が死亡したあとに残された遺児家庭をいう。そこでの家族の喪失体験は、残された妻や夫にとっては配偶者の喪失体験であり、残された子どもにとっては親の喪失体験であり、『お父さんがいるって嘘ついた』（廣済堂出版・一九九七）は、それら喪失体験を書いた遺児たちの作文集である。

がん遺児家庭の心の傷手《いたで》といやしの実態を書く作文が、この章の主要な内容となっている。私は、その調査を企画立案し、私が主宰する研究グループがそのデータの学術分析をおこなっているが、本稿はそのデータ自体を、その社会的意義をかんがえて、一足先に発表するものである。そのようないきさつがあって、私は『お父さんがいるって嘘ついた』全体の監修も引き受けた。監修者として、二つの感想を記しておく。

第一は、本章であきらかにされるがん遺児家庭の、がんによる家族の喪失体験の真実についてである。これまで、がんによって死亡した患者の遺族を対象にした大規模調査はいくつかおこなわれてきているが、その内容は疾病と医療の実態、医療費やインフォームド・コンセント、告知の実態にかんするものであった。

われわれは今回の調査において、それらの事実に一定の関心をはらいながらも、遺児作文集をよく読み込み、むしろ主力を、愛する配偶者や親を失う苦しみ、それによって生じる悲しみや怒り、その心の傷手をいやし、また、いやされてゆく過程の解明に注いだ。

がん遺児家庭のこのような心理面、精神面にかんする調査の先例はない。したがって、われわれは、今回の調査でつかった調査票では、自由回答欄を三カ所で設け、なるべく幅広く主題に接近しようとした。この試みは功を奏した。

第二は、この調査を実施したあしなが育英会の存在意義についてである。

同会は病気遺児・災害遺児などの高校進学・大学進学を援助するために奨学金を貸与し、あわせて、かれらへの教育活動を多様な方法でおこなってきた。あしながさんというボランティアの動員体制に基礎づけられた同会のありかたは、日本の福祉社会を支えるボランティア運動の将来像を示している。

このあしなが育英会が、新しい活動領域のひとつとして、遺児家庭の心のいやしに注目しはじめている。この動きは、本書第3章で見られるように、同会が昨年・一昨年と阪神・淡路大震災による震災遺児家庭の社会的支援にとりくんだのをきっかけに、あらわれてきた。もちろん、それにさきだって、交通遺児育英会の時代から、いやしにかんするノウ・ハウが蓄積されてきており、それらが活用されているのを見逃せない。

あしなが育英会の今後のいっそうの発展のために、今回の調査と本書の刊行はひとつのステップになるとおもわれる。

（二〇二一年三月、『お父さんがいるって嘘ついた』（廣済堂出版、一九九七）より改稿）

交通遺児、災害遺児からがん遺児へ

玉井義臣

親をがんで亡くした子らの悲痛な心の叫びの作文集を読んでください。

一九九五年一月の阪神・淡路大震災の遺児親子の作文と聞き取り調査、つどいと家庭訪問の中で、私たちは「お金（進学）」も大事だが「心の問題（心の傷と癒《いや》し）」が大事だと学習しました（『黒い虹』第3章参照）。

そこで今年（九七年）の調査は、がん遺児家庭の逝《い》く親と看取る親（つれあい）の闘病と、遺された親の癒しにスポットを当てました。看取りという点では、がん死のつれあいが一番大変だったのではないでしょうか。

今年から、あしなが運動は〝主峰〟がん遺児家庭救済に向かいます。その生活と心のありのままを知っていただき、一緒に登頂する応援団への参加を切望して、この作文集『お父さんがいるって嘘ついた』をまとめました。

なお、プライバシー保護のため、遺児は原則的に「全仮名」としました。

愛が愛を呼ぶ恩返し運動

遺児救済の「あしなが運動」は今年で満三〇年になります。百万人を超す学生ボランティアと、数知れない「あしながさん」（毎月継続寄付くださる方と、街頭募金に善意を寄せてくださる方々）に支えられ、約五万三千人の遺児（交通遺児約四万五千人、病気。災害遺児約八千人）が高校・大学などへの進学を果たしました。

私も、交通事故で母を奪われ、提唱者の岡嶋信治さんに出会った縁で、交通遺児育英会、あしなが育英会と二つの育英会を創設し、陣頭指揮を執らせていただきました。

本書冒頭でも紹介しました、交通遺児中島穣君の作文を、NETテレビ（現・テレビ朝日）「アフタヌーンショー」で読んだとき、穣君は涙でつまりました。司会の桂小金治さんはボロボロワーワー。私も含めスタジオみんなが泣きました。全国の茶の間から涙の洪水がスタジオに逆流するのを感じたことを昨日のように覚えています。

出演者の田中龍夫総理府総務長官（当時）が、即座に交通遺児の全国調査を公約しました。一つの遺児作文が世論を、政治を動かしたのです（六八年）。

私たちは活字編を作るべく家庭訪問をして、遺児作文集『天国にいるおとうさま』を十万部刊行しました。新聞も報じ、世の親たち、若者たちの心を捉え、遺児救済が全国民の願いとなりました。政財官界が一致して動きだし、交通遺児育英会が設立されたのです（六九年）。遺児の悲しみ、辛さ、苦しみ、悩みは、災害死でも病死でも変わるはずはありません。あしながさんの無償の愛に感動した、交通遺児の高校生と大学生が「恩返し運動」を始めました。まず境遇に近い「災害遺児にも進学の夢を」と街頭募金を始め、五年後、紆余曲折を経て、災害遺児の奨学金制度を創りだしたのです（八八年）。

進学できた災害遺児が「病気遺児にも」と提唱し、交通遺児らと五年間の努力が実を結び、進学のための制度を創りました。災害遺児、病気遺児を進学させようという二つの制度が合併して、あしなが育英会となったのです（九三年春）。

愛が愛を呼ぶ恩返し運動は、大輪の花を咲かせました。主役は遺児を中心とする学生と、「あしながさん」に代表される庶民だったのです。

「頑張れがん遺児応援団」

その頃、交通遺児は四分の一（二万四千人、推計）に激減、交通遺児育英会にはお金がダブついていました。一方、がん遺児（一六万六千人）は増えるばかりで、それを含む病気遺児（二二万人）と災害遺児（七万五千人）は交通遺児の一二倍以上もいましたが、彼らの進学をケアするあしなが育英会にはお金がなかったのです。

平等な進学の機会を与えるため、両育英会の合併を望むのが自然で、歴史の流れだと私をはじめとして、誰しもが思っていました。あしながさんも、世論も、財界も、政界も、こぞって合併に賛成し、マスコミも支援してくれたのです。

ところが、合併で省庁益をおかされる監督官庁だけが、巧みに画策し、合併は流れました。私は、岡嶋信治さんとともに誕生させ、全国の学生諸君、あしながさんと共に育んできた交通遺児育英会を去らざるを得なかったのです。

その間の事情を、筑波大学副田義也名誉教授が拙著『だからあしなが運動は素敵だ』に寄稿してくれた「『日本社会発、世界社会行き』あしなが運動」から、一部を引用させてもらいます。

「当時（筆者注・一九九三年）、交通遺児育英会が直面していたのは、財産は着実に増えてゆくのに、交通遺児の奨学生は減ってゆくという状況であった。その減少は、交通事故による死者数の減少、少子化傾向の進行、自動車事故賠償責任保険の死亡支払限度額の引き上げによって、必然となっていた。玉井は、奨学金を貸与する範囲を交通遺児のみから災害遺児、病気遺児にまで拡げて遺児救済運動の発展の道をさぐろうとした。

交通遺児育英会の理事会には高級官僚ＯＢの天下り組とその取り巻きがいた。かれらは玉井のこの方針には絶対反対であった。反対理由は、出身組織の利権や個人的怨恨などであったが、くわしくはいわない。天下り組には、ときの大蔵大臣・橋本龍太郎の玉井排斥の意向がつたえられていた。橋本は、日本船舶振興会が奨学金制度に参入を企てたおり、それを後押しして、玉井に反対されたのを恨んでのことであった。しばらくの抗争ののち、高級官僚ＯＢたちは、玉井を交通遺児育英会から実質的に追放した」

追放され、学生諸君が街頭募金、あしながさんたちからの寄付金を集めた交通遺児育英会の遺児学生進学資金すべてを奪われ、心塾をはじめとする設備も失いましたが、私は、交通遺児の十倍もいながら貧しくて進学できない、病気遺児らの救済の道を選びました。すべてを失ったようですが、私には、私から誰にも奪うことができない、多くのあしながさんと学生諸君がいました。あしなが運動は、新生の第一歩を歩み始めたのです（九四年）。

がん遺児は一日に七三人生まれ、交通遺児の七倍で、いちばん多く、いちばん貧しいのです。あなたのお力をこの子らにお貸しください。ご寄付くださるとか、この作文を読み理解の輪を拡げる、親子を見たらやさしい言葉をかけたり心配していただく――など何でも結構です。

「頑張れがん遺児応援団」の一員になってください。

（二〇二一年三月、『お父さんがいるって嘘ついた』（廣済堂出版、一九九七）より改稿）

第5章　自殺って言えなかった　――　自死遺児の声

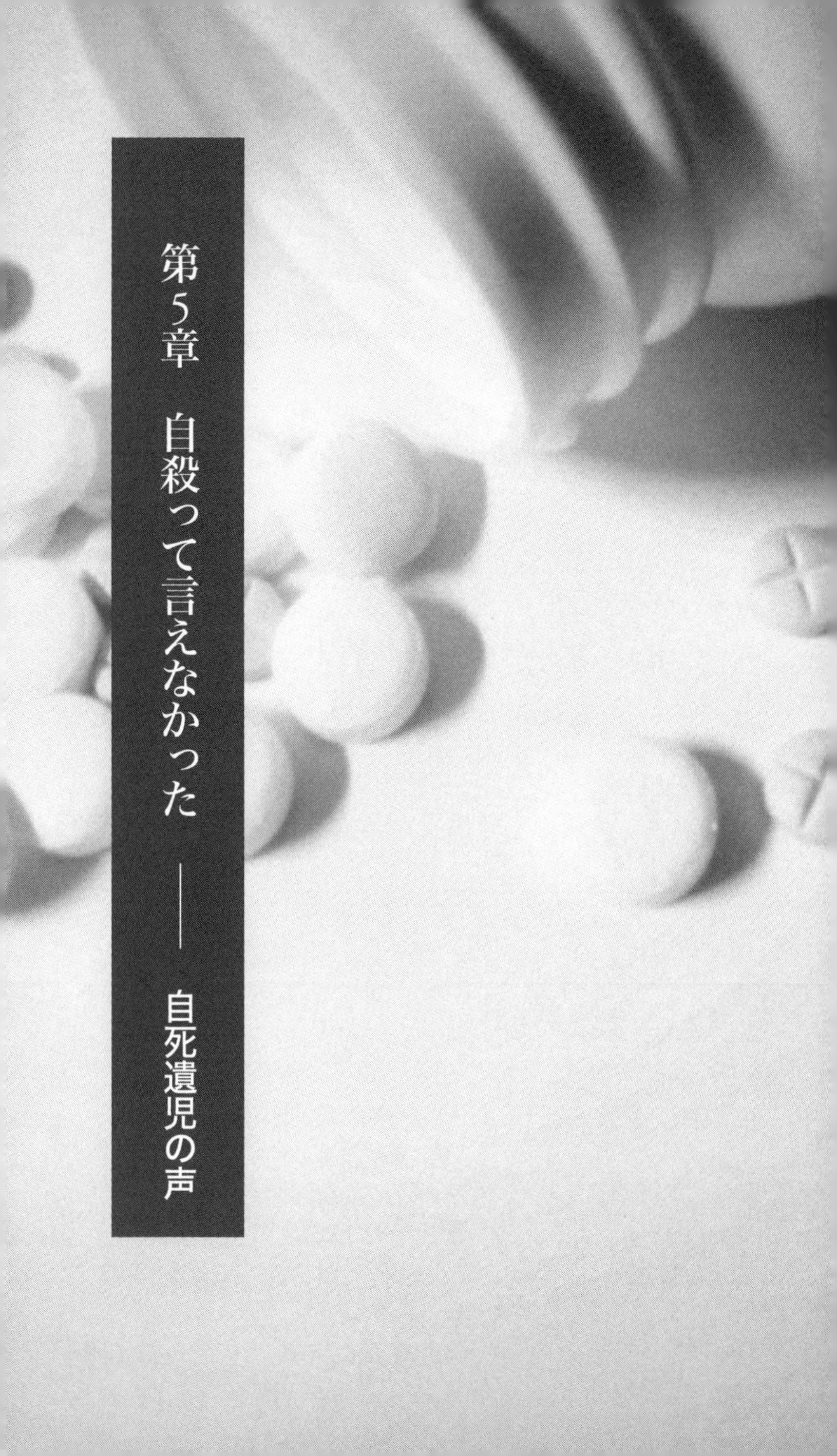

自殺って言えなかった

ツグミ（高一）

私の父は、私が小学六年生のときに亡くなりました。母から、ちゃんとした理由など聞いていないけど、たぶん金銭的なことだと思います。

父が亡くなる前日、私と父はあまり話をしませんでした。元気がなかった父に話しかけることができなかったのです。父は、けっして暗い人ではありませんでした。けれど、いつもニコニコと笑っていたのに、その日だけは、なぜか暗く下を向いていただけでした。

そして次の日、父は仕事に行かないで母といっしょにお寺やおばあちゃんの家に行ったそうです。私と弟と妹は、いとこといっしょに遊びに行っていました。その帰り道、おばあちゃんの家の近くを通ったとき、パトカーが何台か止まっていたので、「何かあったとかいね」と話しながら家に帰っていました。

家に着くと、母方のおじいちゃんが私と弟を和室に呼び出し、「パパが亡くなったけん……

お前たちは強く生きていかないかんよ」と私たちに言いました。私は、よくわからなかったけど、とても悲しくて自分の部屋に行って一人で泣きました。

父は、おばあちゃんの家のマンションの八階から飛び降り自殺をして亡くなったのです。そして父は、棺おけに入って家に帰ってきました。父の顔は冷たく傷だらけでした。そのとき、私は「もうパパは私のところには帰ってこないのだ」と思いました。

母は、ずっと泣いていました。母は父といたときが私たちよりもはるかに長かったから、人生でいちばん父の死が悲しかっただろうと思います。私は、母も父と同じように死ぬんじゃないか……と心配でした。

けど、母はとても頑張っています。一時期、一日中仕事をしていたときもありました。父がいないぶん、私たち兄弟を一生懸命に育ててくれています。私が高校一年生で、弟が中学二年生、妹が小学二年生と、とてもお金がかかる時期で母は大変だろうと思います。

でも、母は文句を言わずに私たちを好きなようにさせてくれます。私は、そんな母に感謝しています。希望の高校にも行かせてもらったし、好きなこともやらせてもらっているから、私は将来、母を楽にさせてあげたいと思います。

高校一年生の夏、私はあしなが育英会の「つどい」に参加しました。そのとき初めて、父の死について詳しく話しました。みんな私の話をまじめに聞いてくれました。私もいろいろな人の話も聞いて、自分はひとりではないんだと思いました。

今まで先生や友だちには事故死と言ったり、父がいるふりをしたりして、父の死を隠してきました。けれど、この「つどい」に参加して過去のつらかったことも全部話したら、心の中がスッキリしました。参加してよかったです。

私は父のことが大好きです。そんな父を亡くしたことはとても、とてもつらいけど、父の死を認めてあげたいと思います。

お父さんへ

ショウ（小四）

ぼくは今十さいです。お母さんは三十七さいです。姉ちゃんは十二さいです。みんな元気です。ぼくはとくに元気です。リリーという犬が来たからみんなよけい元気です。でも、お父さん代わりには、ぜんぜんなっていない。いたずらばかりしてぎゃくに困らせます。

でも一つ代わりになっていることがあります。ぼくが一人でるすばんをしているときでも、リリーはいつもいてくれます。だれかがいると安心します。

今ぼくはサッカーをやっています。すごくサッカーが大好きです。お父さんは『笑点』の弟子になりたかったと聞きました。だからぼくはきっとおもしろい人だと思います。

生きていたらいっしょにサッカーがしたかったです。あと、おもしろいことしてほしかったです。お父さんはきっと変な人だと思います。ぼくはお父さんみたいにでっかくなり　たいです。でも、お父さんみたいに白くなりたくないです。

今ぼくはたくさん友だちがいます。ぼくはお父さんのことあんまり好きじゃないけど、サッカー選手になってでっかいはかをたててあげるからね。なんであんまり好きじゃないのは、お父さんが死んだからです。生きていたら、お母さんから聞いたとおりの人ならぜったい大好きだったと思います。

一度でもお父さんに会いたかったです。お父さんの代わりにあしながの人たち、お母さん、お姉ちゃん、リリー、みんないるからだいじょうぶです。心配しないでね。でも、お父さんに会いたいです。ぼくは、お父さんがいないのはとても悲しいです。

もし、父が生きていたら……

ヨシアキ（中二）

父が亡くなったのは、ぼくが小学校五年生のときのことです。朝寝ていたら母が悲鳴を上げたので、声のするほうに行ってみたら、父が首を吊っていました。びっくりしたけど、最初は実感がわかなくて、涙も出ませんでした。

父は大きな仕事に失敗して、それで病気になってしまったそうです。長い病気で、病院からは治りかけが危ないと言われていたのですが、実際に治りかけていたころに亡くなってしまいました。

葬式のときになって、涙がボロボロ出ました。そのときがいちばん悲しかったけど、寂しくてたまらなかったのは、六年生から中学一年にかけてのころです。食事をするとき、家族全員が集まっているのに、空いている椅子を見るのがつらかった。今までいた人がいなくなったことを、ポツンと空いた椅子が示していて……。一人だけいないことが、とても悲しかったのを覚えています。

父が亡くなったあと、学校で「お父さん、死んだの?」「○○で亡くなったんでしょう?」と聞かれるのは、つらいといえばつらいけど、お葬式のときほどではありませんでした。そういう話は、「病気で亡くなったの?」と聞かれれば「うん、そうだね」と答え、「事故で?」と聞かれれば「うん、そうだね」と答え、全部受け流しています。

だから学校の友だちはみんな、死んだということは知っていても、死因を知りません。自殺で亡くなったとぼくから人に話したことは、一度もないのです。話したいと思ったことがないわけではありませんが、自分から話そうにも盛り上がるような話ではないので、やはり引いてしまいます。

父には厳しく怒られたこともあったけど、今思うと、優しい面もありました。

K―1ごっこでパンチをしたりして、遊んでくれることもありました。広場で野球をしてくれたこともありました。今でも、もし父が生きていたら、いっしょに野球がしたかったと思います。

でも、亡くなったあとで父のことを考えたのは、一度だけ。「もうちょっと優しくしてあげればよかった」と思ったくらいです。

亡くなった直後は悲しかったけれど、今はもう過去のことだし、考えてもしようがないと思っています。思い出せば寂しいけど、一生悩んでいたって、戻ってくるものでもない。だから今は普通にしているんです。

父が病気になってから、いつも家にいた母は外に出て働くようになりました。だから、今は姉が料理を作ってくれたり、「片付けろ！」と命令したりしています。母が倒れたら大変だから、ぼくはぼくなりに迷惑をかけないようにしていますが、そういうことを忘れてしまうこともあります。ちょっと悪いことをしがちというか……。だから、そこを何とか、何とか道を曲げずにまっすぐ行きたいと、今はそんなふうに思っています。

この一年の思い

トオル（中三）

去年、梅雨の季節の雨の中、ぼくは父のお通夜やら、お葬式やらをしていた。

あのときのぼくは、今起こっていることを受けとめたくない気持ちと、「自分は生きるぞ」っていうなぜか前向きな気持ちが、天秤みたいに行ったり来たりしてた。

まわりの大人は、あくまで客観的に、そして汚いものを見るような目をしていた。励ましてくれる人もいたけど、実際にいろいろしてくれる人は、ごく一部だった。ごく一部でも、ぼくはうれしかった。

ぼくの心の中の父は、本人が死んでからだいぶイメージが変わった。生きていたときは、どこかに完全無欠の超人みたいなイメージがあったが、死んでしまうと、父も弱いところがあって結構苦労してたんだなと思い、超人なんてイメージは消えた。

当時、父は四二歳、ぼくは一四歳。

反抗期でもあって、行き場のない憤りを、父にぶつけては勝てないケンカをしていた。がむしゃらに食らいついてた。

そんなある日、母の義姉が危篤になり、その人の見舞いに行くことになった。ぼくは、行こうか行かないでおこうか迷ったけど、父と二人きりになるのがいやだったから、結局は行くことにした。

そして六月十九日、自宅にいる父に電話をした。あたりは夜で、レストランの下からだった。

「見舞いをしていて、死にかけている人を見ていい気分はしない」とか、「よく毎日病院で働

ける ね」 とか話した。 父は病院で働いていた。

「見てるときついいんじゃない? 帰ってきたら?」

と、 父が尋ねてきた。 正直とまどった。 なぜか緊張した。

「やめとく。」

ぼくは断った。 そして、 会話が終わった。

これが、 父との最後の会話になった。

六月二十日、 父と連絡が取れなくなった。

六月二十一日、ほぼ午前〇時に自宅で父が亡くなった (あとからわかった)。 このときぼくは、 なぜか眠れない夜と闘っていた。 次の日の昼ごろ、 母と自宅に帰った。 父が心配だったのだ。 心配してもムダに終わると知らずに……。

そして、 自宅に着いた。

父の姿が見えなかった。 ぼくはなぜか知らないが、 駐車場に走った。 全力で走った。 しかし、 父は駐車場にもいなかった。

自宅に戻ると、 二人の知らない男の人が話しかけてきた。 話を聞くと、 父が働いていた病院の人で、 今日、 父が病院に来ていなくて、 連絡も取れないので来たということがわかった。

家にいない、車もある、仕事には行ってない……。このとき初めて、最悪の場合を考えた。

そして、自分の部屋のクローゼットを開けた。首を吊った父がいた。

思わず叫んだ。ぼくのすべてが止まった。居合わせた父の職場の人に、「見ちゃダメ」と言われ、警察が来てから遺書が見つかって、それを読んだ。そこには、ぼくの名前なんてなくて、イニシャルで書いてあった。母は名前で書いてあった。ぼくは、愛情のなさを感じた。

そして、葬式を終え、母とぼくが生まれた故郷へ行くことになった。父の最後の言葉を聞いた場所だっただけに、いやだったが。

いろいろなことをした。大人のいやみも聞いた。自分勝手な学校の先生にも、「なまけてる」だの、「親が死んだくらい、なんだ」とか。「自分の親は生きてるくせによく言うぜ」って思いながら拳を押さえてたときもあった。

でも、何をやっても父のことを考えていた。そのときの冬には、無性に、父の死に場所に行きたくなって夜行バスで行った。一人だけいる友だちのところに泊まりながら、父のいた場所へ。すると、もうそこには新しい住人がいて、ぼくはむなしさと時間の経過を感じて、新しい自宅へと帰った。

それからまた月日がたって、現在。

父が死んでからずっと、ぼくは生きていたときより臆病になった。「もう何も失いたくないな」、そう強く思うようになった。

その一方で、「もっと明るい未来がほしい」とも思うようにもなった。失いたくないからほしいものもあきらめる。ほしいから、失うのは覚悟して、何かをする。この両極端な気持ちが、いつも心の中で闘っている。今のところ、あきらめることがほとんどだが、ぼくは前向きになれることを祈っている。

これからもたくさんの不幸が待っているだろうけど、愛する人の死なんて絶望は、もういらない。

私は十八歳になりました

M・S（高三）

「そうくん、死んだよ。自殺したんだ」

学校に迎えにきてくれた、いとこの言葉を聞いたとき、頭が真っ白になりました。私は火葬場に行くことができず、だれもいない家で音楽をかけて歌っていました。何も考えられず、どんな感情だったのかも覚えていません。

死ぬ以前の父は、家族から孤立していて、私とも、ほとんど口をきいてくれなくて、「お父さん大嫌い」って思っていました。

死ぬ前の日、父は弟になぜか「ありがとう」っていいました。私はいつもみたいにそっけない態度で、別に気にも留めていませんでした。

次の日、「首をつった部屋のドアが少し開けてあったんだよ」って後から聞いて、私は泣きました。お父さんは気づいてほしかったんや、淋しかったんや、私が止めることできたんやないかって、今でもそのことを考えると胸が苦しくなります。

父が死んでもう四年になりました。ずっと仲が悪かった母ともうまくやっています。父もやっと安心しているかと思います。私の手元に残っている父から私への手紙、十二歳のときのバースデーカードには「お誕生日おめでとう。お母さんを助けてあげてください」と書かれていました。

ついこの間私は十八歳になりました。このカードを見ながら、「十八歳になったよ、みんな元気でやっているよ」って父に言いました。「おめでとう」って聞こえた気がしました。

「これからも仲良くやっていくよ。心配しないで。ちょっとはおとなになったから。そっちに行くのはまだずっと先のことだけど、そのときはいっぱい話そうね。応援してて。お父さんは、ずっとあたしのお父さんなんやけん」

「仲間」だと思ったとき

巻幡《まきはた》智英美（短大一）

私は、交通遺児育英会でもたぶん人数が少ないと思いますが、両親ともいない子です。この奨学金がうけられるようになったのは、母の死からでした。その前に、もう私には父がいませんでした。そうすると、みんな「どうして死んでしまったの」と聞きます。

私は、この「つどい」にくるまでは、「心臓マヒで」といってごまかしてきました。私は父が自殺したということを、どうしても言えませんでした。なにしろ、親がいないというだけでも、変な目で見る人たちにこれ以上、好奇の目で見られたくないという気持ちがあったのです。

私は、高校一年の九月にこの奨学制度のあることを知ったため、二年になって初めてつどいに参加しました。不安がいっぱいでした。「同行者希望」というのをだしたのに、近くにだれもいなくて心細く、何度もひき返そうかとも思いました。

しかし、あの帰りのわかれづらい気持ちは何とも言えません。最初行くのがいやだったのが、うそみたいです。その楽しかったつどいのなかの「自分史」で、みんな、父親が死んだときのことを、うそいつわりなく、はっきりと話してくれました。

私は、その時もまた、変な目で見られてしまうのかと思い、父は病死したと言ってしまおうと考えていたのです。しかし、みんな泣きながら本心を話してくれるのをきいて、私だけ体面ばかり気にして、うそを言おうとしていることが、だんだんはずかしくなってきてしまいました。変な目で見られてもいいから、本当のことを言おうと思い、自分の番がきた時にそうしました。

するとどうでしょう。みんなは変な目で見るどころか、私のことをはげましてさえくれたのです。あの時ほど、この交通遺児が「仲間」だと思ったことはありません。

そして三年になってまた出席しましたが、やはり二回目でも、行きにくいものです。行ってしまえば、どうってことはないのですが、行くまでは少しいやでした。ただあの時は、前の年が三泊四日だったのに二泊三日になってしまって、スケジュールがつまってしまったのが少し残念でした。

そしてその年に大学奨学生の予約試験をうけ、なんとかうかり、短大にもなんとかうかったおかげで、今年の四月から大学奨学金を受けながら短大に通っています。

そして山中湖での大学奨学生のつどい、試験の合間だったため全部は出席できなかったものの、全国のいろいろな大学奨学生と知りあうことができ、高校奨学生の時とはちがう　いろいろな意味で、楽しかったというよりも勉強ができたと思います。

つどいがなかったら、今の私はもう少し変な大学生になっていたかもしれません。だからこそ、このつどいは広げてほしいし、私は、このつどいに参加できてとてもよかったと思っています。

どうしたら父は死ななかったのだろう

藤田優子（専門二）

私が三歳のとき、父が亡くなった。そのときのことはあまり覚えていない。でも、柩の中で菊の花に埋もれた父の姿と、自分もそこに花を入れたことはうっすらと覚えている。私は母に「お父さんもう生き返らないの？」と尋ねたらしい。父が亡くなって何日間か、私はショックでずっと布団にもぐったままだった。

あのとき何を考えていたんだろう。母は父のことを思い出す場所にいたくないと言って、引っ越しの準備を始めた。父の思い出があるものは全部処分され、大事にしていた本も捨てられた。写真もすべて捨てられてしまったので、父の顔を見たいと思ってもできなくなってしまった。そして私の中の父の姿は薄れていった。物がほとんどなくなり、家の中が広くなって寂しかった。

父の死因は小学生のときに知った。自殺だったと母に聞かされて、すごくショックで心臓がドキドキして何も考えられなくなった。「どうしてお父さんが死んだのかと人に聞かれたら、病気で死んだって言いなさい」と強く言われて、自殺はいけないこと、人に知られちゃいけないことなんだと思った。死因を知ってから、自分はまわりの人とは違うんだという思いが強くなり、それが苦痛だったために父のことを考えないようにした。

母は何度か私を道連れにして死のうとした。私の手を引いて踏切に飛び込もうとしたり、包丁を持って追いかけられたりしたこともあった。大切な人を自殺で亡くして、生きる力がなくなりかけていたのだろう。子どもを一人で残していくことができなくて、いっしょに連れていこうとしたのも、当然といえば当然かもしれない。でも、当時の私は母の気持ちもわからず、そんな母が怖かった。

母はパートで朝から晩まで働いていたが、それだけでは生活が苦しく、うちにはあまりお金がなかった。ボロボロの借家に住み、お風呂にも毎日は入れず、同じ服を二日続けて着ることもしょっちゅうだった。そのせいで学校で「汚い」といじめられ、先生も見て見ぬふりをしていた。家にも学校にも、どこにも自分の居場所がなかった。

高校二年生のとき、あしなが育英会の「つどい」に参加して、初めて自分史を話した。みんなが今まで経験してきたつらかったことや、苦しかったことをありのまま話しているのを聞いて、私もこの人たちに話を聞いてもらいたいと思った。すごく不安だったけど、思いきって話してみた。話しはじめたら止まらなくなって、せきを切ったように次から次へと言葉があふれ出してきた。

父が自殺したこと、他人の自分を見る目が怖かったこと、父の死因を病気だと嘘をつくのがつらかったこと、母に殺されそうになったこと、父のいないつらさを母に聞いてもらいたくてもできなかったことなどを、泣きながら話した。

みんなは私の目を見て聞いてくれて、話し終わると「話してくれてありがとう」と言ってくれた。みんなが私の話を真剣に聞いてくれたことが、ほんとうにうれしかった。でも、私の他に自殺で親を亡くした人はいなくて、そのことが心にひっかかっていた。「つらいのは私だけじゃなかったんだ」という気持ちと、「でもやっぱり私はみんなと違う」という気持ちが入り交じって、複雑な気分だった。

一年がたち、二度目の「つどい」がやってきた。そこで衝撃的な出会いをした。自分史を語る時間の最初に、同じ班の大学生が話をしてくれた。彼の最初の一言を聞いたとき、驚いて息が止まりそうになった。

彼は、「自分の父親は自殺で亡くなった」と言った。私と同じだ。胸の奥が熱くなって、彼の話に引き込まれた。自分と同じ体験をもつ人がいたということに、すごく安心した。彼といろいろな話をするうちに、父のことをもっと知りたくなった。自分と同じ体験をしてきた人に出会って、初めて父の死に対して目をそらさずに考えられるようになった。彼との出会いは、ほんとうに大きなものだった。彼の存在は、今でも心の支えになっている。

「つどい」が終わって家に帰り、「お父さんが死んだときのことを聞きたい」と言うと、母はいろいろなことを話してくれた。父がうつ病だったこと、自殺のきっかけになったのは、父の両親と母の争いごとだったということ、父はある公園で首を吊って死に、そこは父と母が新婚旅行で行った場所で、きれいな思い出の中で死にたかったのだろうということ、父は死ぬ前にそこから電話をかけてきたらしい。

「今から死ぬから……」と言われて母は驚き、必死に止めても「もうダメだ」と言うばかりなので、「お父さんに帰ってきてって言って！」と私に受話器を渡した。私は「お父さん帰ってきて」と言ったけれど、電話は少ししてから切れてしまった。母が私に、「お父さん何て言ってた？」と尋ねると、「お母さんの言うことをよくきくんだよって言ってた」と答えたそうだ。父の記憶はあるのに、どうしてそのときのことは覚えてないんだろう。すごく悲しくて、悔しかった。

母は、父の親戚に「あいつを殺したのはおまえだ」と責められたそうだ。配偶者を自殺で亡くし、その上そんなことを言われた母の苦しみや悲しみは大変なものだっただろう。

その後、あしなが育英会が開催した自殺防止のシンポジウムで、うつ病とは、ほんの些細なことで不安になり、何に対しても無気力になってしまい、自分が生きている意味がないように思える病気であることを知った。生きていることが重荷になる病気なんだと思った。死にたいから死ぬんじゃなくて、生きていることから逃れるために死ぬしかないんだ。死にたいから死ぬのと、生きていたくないから死ぬのとでは大きな違いがある。父は、ほんとうは死にたくなかったんだろうと思った。

どうしたら父は死ななかっただろう。どうしたら父のように、みずから死を選ぶ人を減らせるだろう。自殺者が急増している背景には、失業率の悪化がいちばんにあるけれど、他人と深くかかわることを避けようとする社会の中で、悩みを周囲に相談できずに一人で抱え込んでしまうことも大きな原因だと思う。走りつづけなければやっていけないこの時代に、他人を思いやるのは難しいことかもしれない。でも、少しだけ立ち止まって、自死を身近な問題として考えてみてほしい。生きることに苦しんでいる人を放っておかないでほしい。

私にできることは、自分の体験や思いを率直に伝えていくことだと思う。そして一人でも多くの人に理解してもらうこと。私はたくさんの人に支えられて、ここまでくることができた。今度は、昔の私のようにひとりぼっちで苦しんでいる幼い遺児や遺族のために、私にしか伝えられないことを伝えていきたい。そして、お互いに支え合って生きる、優しい社会を築きたい。

あのとき、そばに行ってあげれば

I・H（大二）

私の家庭は、私が幼いころからうまくいっていないようだった。夫婦関係が良くなく、私が小学一年のときの一年間、父と母は別居した。親戚も交えて話し合った結果、母と弟と私とで家から出ていくことになった。

一年たつと、祖母の説得で、父が母に戻ってきてほしいと言い、私たちは家に戻った。しかしその後もすぐに状況が悪くなった。夫婦関係の問題は、父の飲酒が大きかった。酒におぼれてしまい仕事に行かなくなったりするのだ。私はそんな父は嫌いだった。

しかし、普段の父はとても穏やかで優しい人だった。仕事もやるときは真面目だった。あまりおこることはなく、私からすれば母のほうがケンカしているときは、一方的にきつく言っていた気がする。父は性格がおとなしいためか弱く見えた。もしかすると、父はそんな自分を情けなく思っていたかもしれない。

だんだん父はうつ病になり、入院もした。そして仕事にいかず家でずっと寝ているといった日が続いた。

父が亡くなったのは、私が小学三年の冬休みのことだった。その日も父はいつものように家にいた。私は弟と友だちと三人で家の外で遊んでいて、母と祖母は二人とも出かけていた。

父がまだ正常の時、家の空き部屋を改築して私の部屋にしてくれると言っていた。私はその部屋を友だちに見せようと思い、二階に上がった。そして「ここが私の部屋になるの」と言ってドアを開けた瞬間、信じられない光景が目に飛び込んできた。父がそこで首を吊って自殺していたのだ。

私は悲しいという気持ちよりも、とにかくびっくりして、とても恐くなって大声で泣きながら走って家の外に出た。弟たちも何もわからずついて来た。それから少しして、もう一度三人で確認しに行き、近所の祖母を呼びにいった。その後のことで覚えているのは救急車が来たことぐらいで、あとは記憶にない。

お葬式で私は全く泣かなかった。弟は体調が悪くなり、一週間ほど寝込んでしまった。まだ六歳の弟にはショックが大きすぎたのだろう。

後で私は父が亡くなる前夜のことを思い出し、罪悪感を感じた。父はその日もお酒を飲み酔っていた。そして、こっちへおいで、と言われたが、母に止められて行かずに無視してしまった。それを今でも後悔している。あの時そばに行ってあげればよかったと。

父の死後、家族内で父の話をしなくなった。また、友だちにも話せなかった。高校生になり、父は亡くなったことは言えるようになったが、原因が自殺であることは言えなかった。病気などとは違い、自殺は特別なものだという意識があったからだろう。だから人に言うとどう思われるのだろうかという不安があり、また「自殺」という言葉を口に出すのが恐かった。

大学に入り、あしなが育英会の奨学生同士で自分たちの体験を語り合う機会があった。そこで初めて、自分の父が自殺で亡くなったことを話せた。

その後、母と、父の話をしてみた。母の思いを聞くことができ、とても良かった。自分のなかでなにかすっきりした気がした。

現在の不況の中、お父さん世代の自殺者が増加している。どんなに自分が苦しくなっても、死ぬことだけはしないでほしい。そしてその周りの家族も温かく見守り、励まして支えてあげて欲しい。私がそうできなかった分、強く願う。

また、私と同じように自殺で親を失った子らの話を聞いて、分かちあいたい。きっと同じような思いがたくさんあるだろうから。

父のためにも精いっぱい生きていきたい

松村千晶（大三）

このごろ、「もし、父が生きていたら……」と思うことがよくあります。もしも生きていていいっしょにいられるのなら、何を話していたのだろうと考えてしまいます。まわりの友だちのなかには、「お父さんなんかいなくていい」とよく口にする人がいますが、もし今、父がいたら私もそう思っていたのでしょうか。

私にとって、父の記憶は一三年前にすでに止まっています。しかし、父のことを忘れたくない、できるかぎり鮮やかに覚えていたいと今では思うようになりました。

父は私が小学二年生のある秋の日にみずから命を絶ち、この世を去りました。いつも家族四人で乗っていた車の中に、ホースで排気ガスを取り込んでの自殺でした。その日、私が学校から帰ると、唐突に母から「警察から電話あったの。お父さん、死んだって」と告げられました。そのときは、まったく悲しいという感情はなく、ただ「死ぬって何？」と思っていたことを覚えています。

通夜のとき、どこにも傷がなく血も出ていないから、ほんとうはただ寝ているのではないかと思っていました。でもふれたときの冷たさで、急に悲しくなりました。そのときの私にとっては、父が死んだことが悲しかったのではなく、動かずにただ横たわっている父を見るのが怖くて、悲しかったのです。

遺書はなく、自殺のほんとうの理由は今でもわかりません。友人に騙されてつくってしまった消費者金融への借金があったということを、あとから聞かされました。自殺する一か月ほど前から、父は家にはいませんでした。私は母から、「お父さんは長い出張に行っている」と聞かされていましたが、じつはそうではなかったようです。私と兄が学校へ行っている間に家に帰っては、母に「会社には行っている。眠ることができない」というようなことを言っていたそうです。

そのころ私は、父がそのような状態になっているということなど、まったく知りませんでした。出張に行っているとばかり思っていたそんな父が、一度だけ学校まで会いに来てくれたことがあります。久しぶりに父に会えたにもかかわらず、友だちといっしょにいたから二言、三言しか言葉を交わさずに、「早く帰っていいよ」ということを言ってしまったのです。それが父との最後の会話でした。もしもこのときに、私が「早く帰ってきてね」などと言っていれば、父は自殺することを考え直していたかもしれません。そう思うと、なぜあのとき自分が父を軽くあしらってしまったのか、今でも悔しくてしかたありません。

父が自殺したことへのショックは、年月がたつにつれて徐々に大きくなっていきました。「自殺ということは絶対に誰にも言うな、事故だったとでも言いなさい」と親戚中に口止めされ、自殺は悪いことで、父は間違ったことをしてしまったのだと思うようになっていました。父は弱い人間だから自殺してしまった。父が自殺したということをまわりでささやかれているのではないかと、常におびえていました。

友だちが親の話をしているときは静かにその場を離れたり、父のことを尋ねられても、いないとさえ言えずに、「普通の会社員だよ」などと嘘をついていました。父親参観日や運動会に「何で千晶ちゃんのお父さんはいつも来ないの？」と言われたことは何度もありました。中学の英語の授業で「あなたのお父さんは、いつも何時に家に帰ってきますか？」と聞かれ、何も言えずに泣いていたことや、お父さんへの手紙を私だけが書けなかったことは、今でも忘れることができません。悔しくてしかたありませんでした。

そうしていくうちに、しだいに父のことを聞かれることが怖くなり、誰に対しても壁をつくるようになっていました。どんなに信用している友だちでも、父のことはけっして口にはできなかったし、しようとも思いませんでした。

私は父のことが大嫌いでした。本気で憎んでいました。「私たち家族を残していってこんなに苦しませて、自分だけ逃げたのだ」「私は父に嫌われているからおいていかれたのだ。生きている意味なんかどこにもない。死にたい。どうせ自殺するなら、私もいっしょに連れていってほしかったのに……」と、父を恨みました。そして、私もいつか自殺するだろうなと本気で考えていました。中学のころは何をやってもやりがいが感じられず、いつも死ぬことばかりを考えていました。

父のことが大嫌いで、生きていることの意味さえ見失いかけていた私に、父のことを考えるチャンスを与えてくれたのが、あしなが育英会の「つどい」でした。参加者はみんな何らかのかたちで喪失体験はしているけれども、みんなの親は病気や災害で死にたくないのにしかたがなく亡くなった。だから、みんなはきっと自殺した私の父のこと、そして私のことを仲間だとは思ってくれないだろうと、初めから何も期待していませんでした。それどころか、「つどい」に行くことがいやでしかたがありませんでした。

きっとこの「つどい」の中にも、私の居場所はないと感じていました。しかし参加してみると、誰も私のことを自死遺児だからといって差別したりする人はいなかったのです。死因なんか関係ない。正直、受け入れてもらえたことの喜びよりも、驚きのほうが大きくて、父のことを初めて認めてもらえたような気がしました。しかし、私が父に嫌われていたから捨てられたのだという思いは、参加したあとでも消えることはありませんでした。

高校生のときから「つどい」に参加して、自死遺児の仲間と語り合い、本気で話をしていくうちに、私は、父のことを何も知らない自分に気づきました。そして、父のことを知りたいと思うようになりました。「つどい」に参加して、父のことも含めて何でも話せる友だちができたことは、私にとって大きなプラスになっています。そして、「生きていきたいな」と思えるようになりました。

父が亡くなってから、いちばん苦労をしてきたのは母だと思います。

まわりから陰口を叩かれ、それでもひるまずに前を向き、私と兄をここまで育ててくれました。私たちの前では絶対に涙を見せず、弱いところも見せないで、ただひたむきに頑張る母には、ほんとうに頭が下がります。大切な人を突然失い、小さい子どもを二人抱えて生きていくことを考えると、きっと途方に暮れたのではないかと思います。「父親がいないからといって、バカにされないように立派な人間になりなさい」と、母に何度も言われたことを今もよく思い出します。

きっと私は今まで、父が自殺したということを認めたくなかったのだと思います。だから誰にも言えなかったし、言いたくなかったのだと思います。父は何を思いながら死んでいったのか、私たち家族がどうなることを期待していたのか。いくら考えても、これから先ずっと答えは出ないかもしれません。

しかし、父は私たち家族が不幸になることを望んでいたのではなく、幸せになってほしいと願っていたのだと信じています。私たちを守るために、やむをえず下した決断だったはずです。父は、自死というかたちで命を絶ちましたが、それでも私にとって父親と呼べるのは一人しかいないから、その父の遺志を大切にしたいと思っています。

父は車のフロントガラスに私と兄の写真を残していたそうです。今年になって初めてそのことを聞かされ、父に嫌われていたのだという気持ちがすべて払拭されました。私も父に愛されていたんだと、父の死後、初めて感じることができました。だから今は、父のことを大好きだと自信をもって言えます。父のためにも精いっぱい生きていきたいと思いながら、毎日を過ごしています。自死遺児だからといって、幸せになるための条件が欠けているはずはないのです。

この手記を書くのは容易なことではありませんでした。文章にすることを何度もためらい、これがほんとうに正しい選択なのかと不安になることもありました。

しかし、これを読んで、一人でも多くの人が自殺という問題と真剣に向き合うきっかけになるなら、そして昔の私のように、誰にも言えずひとりで悩み苦しんでいる自死遺児の仲間が、少しでも勇気をもってくれるきっかけになるのなら、幸いだと思っています。

父の死から九年がたった今

久保井康展（大四）

私は三年前から、あしなが育英会という団体とともに、自死遺児の問題について活動をしてきました。今、私は自分の希望から南米のブラジルで生活をしています。今回、私はこの作文集に参加するなかで、自死遺児としての私の体験や自死遺児救済活動の二年間のこと、そして二年間の活動を経た、今感じることを書き残したいと思います。

私の父親は一九九三年、私が中学一年生だったときに自殺で亡くなりました。理由は今でもよくわかりませんが、当時、父親は借金を抱えていて、それを苦にした自殺だったのではないかと思います。父親は、亡くなる一年ぐらい前から仕事ができず、寝たきりのような〝うつ病〟の状態をくり返していました。あのころの私自身は、父親と会話をするのは食事のときぐらいで、父親がうつ病という状態にあることなど知りませんでした。

そんなある日、父親は、「お母さん、あとは頼む。子どもたち元気でな」という遺書を残し、自宅で自殺しました。

亡くなったあと、私は父親のことを考えなくなりました。そのことを考えると、どうしてもつらくなってしまう……そのつらくなったときの自分が怖かったからです。また、まわりの友だちが父親の話をすることもいやでした。父親の話になったときは、その場を離れたり、父親については嘘をついたりしていました。当然、父親の自殺のことは誰にも話すことができなかったし、誰にもふれてほしくありませんでした。

私が高校生のとき、母親が重い病気にかかりました。毎日、病院へ見舞いに行きましたが、日に日にやせ細っていく母親を見るのは、とてもつらいことでした。そのうち、私はすべてを父親のせいにするようになりました。「父親さえ自殺という道を選ばなければ、母親はこんなに苦労することはなかったのに……」と、そう思うようになりました。しかし、一方では父親のせいにしたくない、という気持ちもありました。でも結局は、自分の気持ちをどうすることもできず、父親のせいにすることしかできませんでした。

その後、私は大学への進学の道を選び、奨学金を借りたきっかけから、あしなが育英会と深くかかわるようになりました。そして、遺児への奨学金支援のボランティア活動に参加するようになったのです。

大学一年生の冬、私と同じように自殺で親を亡くした遺児を対象とするミーティングがあしなが育英会で開かれ、それに私も参加しました。自分以外にも、自殺で親を亡くした経験をもつ人がたくさんいたことに驚きました。また、彼らの経験と私自身の経験は重なる部分が多々あり、他の人の話を聞きながら、初めて自分の気持ちに気づくこともたくさんありました。そして私自身も、今まで誰にも話すことのできなかった自分の思いのすべてを話すことができました。母親が病気になったときにつらかったこと、父親のことを恨んでしまっている自分がいること、そして、それを今まで誰にも話すことができなかったこと……。

このミーティングの中であしなが育英会の職員が、「自殺した父親は、みんなを見捨てて死んでいったのではない」という話をしてくれたことが印象的でした。

「私の父親も借金がたくさんあるなかで、自分の家族だけは守ろうとして、自殺という道を選んだのかもしれない」

そう考えたとき、父親に対して恨みに近い思いを抱いていた自分が、とても申し訳ないように思えました。その後、私は、このミーティングをきっかけに、今まで意識的に考えることを避けてきた父親のことを、少しずつ考えるようになっていきました。

それからの二年間は、自殺防止と自死遺児の心のケア活動に取り組みました。ただ、活動しながらも、自分の父親の自殺という現実と向き合ううえで悩むことがたくさんありました。母親や兄弟たちとも、初めて父親について話をしました。また、ときには社会に顔や名前を出さねばならないこともあり、自分の家族まで巻き込んでしまう可能性に悩んだりもしました。「何も自分自身が社会に訴える必要はないのではないだろうか」、そう思うことも何度かありました。

しかし、この活動では、今、社会の中で生きながら、父親と同じように自殺という道を選ばざるをえない状態の人がたくさんいることを知り、また、自分と同じように自殺で親を亡くした子どもに出会って話を聞くたびに、「もう、こんなつらい思いをする子どもが増えないでほしい！」と感じながら、「このまま活動を続けよう」という意志をもつことができました。

父親の自殺から九年がたった今、私は、過去には誰にも話をすることができなかった父親の自殺のことを、住んでいるブラジルの人たちにも、ときどき話すことがあります。そのとき彼らは「、大変だったねえ」と悲しそうな顔で言ってくれます。今、自分の体験をふたたび振り返ってみると、実の父親を自殺で亡くすという体験は、ほんとうに大変なことであり、つらいことであったと思います。

この経験が消えることはありません。これからも何度か考えることがあると思います。しかし、今は以前に感じていたような、「他人に話せない」というような気持ちはなくなりました。父親に対する気持ちも少しずつ変わりつつあり、今では父親が懐かしく思えるときもあります。

今、日本の社会で、自殺者が急増しているということは、とても深刻な問題です。私はこの事実をたくさんの人に知ってもらいたいと思っています。この問題の解決には、何よりも人の力が必要です。たくさんの人が自殺問題を考えること、それが第一歩だと私は思います。

最後に。今までまわりで私を支えてくれたすべての人に感謝しています。

自死遺児の心の傷とケアに関する調査・一四の発見――副田義也

二〇〇一年度、あしなが育英会は、自死遺児の心の傷とケアに関する調査・研究をおこなった。調査の主要な方法は三つで、①政府の各種統計による自死遺児数の推計、②自死遺児の大学生を対象とした事例調査、③自死遺児の高校生・大学生を対象とした大量観察、である。これらの調査による主要な発見は次のとおりである。

二〇歳未満の遺児推計九万人

❶『人口動態統計・下巻』『国民生活基礎調査』および『自殺死亡統計』などによって推計すると、二〇〇〇年に新しく発生した二〇歳未満の自死遺児数は九千八〇八人となる。一日平均約二七人の自死遺児が出現している。二二歳未満ならば、一万七八八人。

❷二〇〇〇年に存在している二〇歳未満の自死遺児の全数は約九万一〇〇人と推計する。二二歳未満ならば、約九万九一〇〇人。

❸自死遺児の事例調査から、そのライフ・コースにおける六つのトピックスを選んだ。ま

ず、親の自死の予感が現われ、しだいに成長していく時期がある。その多くでは自死する親はうつ病治療中であるが効果は上がっていない。他方で、自死の原因は深刻化する。自死に向かう親は自死を阻止してほしいとシグナルを出すようになる。自殺未遂はそのシグナルのひとつである。家族は自死を防ごうとして疲れはててしまう。

遺族に強烈な心理的衝撃

❹親が自死して、残された家族は強烈な心理的衝撃を受ける。とくに自殺現場の目撃は、凄惨な体験となる。遺児たちの多くは、自死の報知のあと、非現実感に襲われており、一定期間の記憶が欠落している。そのあとの心理として多く言及されているのは、後悔、不安、恨み、悲しみなどである。後悔は自死のシグナルに気づきながら、自死の阻止に失敗した後悔であり、それは極限化すると自分のせいで親を自死させたという罪悪感となる。

❺自死遺児たちは、親の自死について、話したくない、話したいという両義的な動機をもっている。話したくないという動機により、他者に対して沈黙が守られる。他者は友人、知人、教師などであるが、ときには家族のばあいもある。それは、何よりも他者に存在

する自死を忌まわしい死、恥ずかしい死とみる偏見のせいである。自分が自死遺児であることを他者に知られ、自他の間の普通の人間関係が失われるのを、自死遺児は恐れている。

❻しかし、他方では、自死遺児たちは親の自死と自分や親の心理的苦悩について語りたいのである。その死別体験を語って、体験をいくらかなりと客観化し、その体験から解放されることを彼らは望んでいる。そのため、彼らは共苦関係に入ってくれる聞き手に対して、自分史を語りたいのである。彼らは、他者が心の傷を興味本位にながめ、ともに苦しむことなく与える同情を嫌う。

自分史語りの効果

❼あしなが育英会の高校奨学生、大学奨学生の「つどい」における自分史語りは、自死遺児たちが自分や親の死別体験と、それに伴う心理的苦悩を語るよい機会になっている。そこで初めて自分史を語ることができたという遺児も多い。それは聞き手が親との死別を体験しており、自分の苦悩を正しく理解してくれるだろうと期待するからである。

❽自死遺児たちにとって、自死は両義的である。親の自死はすでにおこった、かけがえの

ない独自の死である。彼らは、それに後悔、不安、恨み、悲しみなどの感情をもつが、それらと共存して、親の自死に対する容認、寛容、理解に到達している例もある。また、人びとの自死は、これまでに起こった、あるいはこれからも起こる一般的な自死である。自死遺児たちは、その自死がなくなるように、あるいはなるべく減少するように願っている。

「自分も死ぬのでは……」不安が二割

❾二〇〇一年夏、あしなが育英会は「つどい」に参加した高校奨学生、大学奨学生一五二五人を対象に、死別体験とそれをめぐる心理的苦悩、ライフ・コースに関する調査をおこなった。そこには自死遺児九五人が含まれていた。これだけのまとまった数の自死遺児の調査はわが国で最初のものである。まず、遺児になった時期で、自死遺児はその他の遺児に比較して、中・高校生期に、つまり、遅く遺児になった者が多い。自死遺児では学齢未満期一一・七％（他の遺児二四・八％）、小学生期三三・八％（同三九・〇％）、中・高校生期五〇・五％（同三一・八％）。

❿死別後の心理は、「悲しかった」六三・二％、「つらかった」五八・九％、「寂しかった」

五六・八％、「納得できなかった」四七・四％、「怖かった」三四・四％（複数回答）。自死遺児の回答比率がその他の遺児のそれを上回っているもののうち、とくに差が大きいのは「納得できなかった」「怖かった」「自分も死ぬのではないか」などであった。

遺児の三割「親の自殺は自分のせい」

⓫自死した親への感情は、「信じられなかった」六〇・〇％、「残された親も死ぬのではないか」三四・七％、「自分のせいと思った」三二・六％、「腹が立った」二六・三％、「情けなかった」一五・八％（複数回答）。自死遺児の回答比率がその他の遺児のそれを上回っているもののうち、とくに差が大きいのは、「自分のせいと思った」「腹が立った」「残された親も死ぬのではないか」などであった。この設問で自死遺児の心理の特性が最もはっきり出ている。

⓬「つどい」で、亡くなった親のことなど自分史を語った感想は、「ちゃんと話を聞いてくれてうれしかった」五一・六％、「近所や学校の友だちに言えないことを話した」四八・四％、「いろいろ話すことができてスッキリした」四四・二％、「誰にも言っていけないと思っていたことを話せてホッとした」二〇・〇％、「少ししか話せなかった、もっと

話したかった」一八・九％（複数回答）。一位から四位までの回答に自分史語りのカタルシス効果が表れている。

⓭「つどい」の効果は、「遺児仲間と出会えてよかった」六一・一％、「自分を見つめ直せた」五〇・五％、「残されたお母さん（お父さん）の苦労を考える」五〇・五％、「これからの生き方を考えてみよう」四六・三％、「リーダーのような人間になれるよう頑張ろう」三三・七％、「亡くなったお父さん（お母さん）の生き方を考える」三〇・五％（複数回答）。「つどい」で仲間とリーダーに出会い、過去と現在の自分を見つめ直して、将来の生き方までを考え、ひとり親の苦労に感謝して、亡くなった親の生涯を懐かしむ。遺児たちの自助活動を通じて、彼らが精神的に再生する過程が示されている。

「虹の家を利用したい・必要だ」八割が回答

⓮身近に遺児の癒しの家「レインボーハウス」のような場所があれば利用したいか。自死遺児の場合、「利用したいと思う」四六・三％、「利用しないが、遺児のためにはぜひ必要だと思う」三五・八％。約八割が利用の意欲、必要の認識を示している。あしなが運動の近未来の目標としての「東京レインボーハウス」の建設、長期的目標としての各地

でのレインボーハウスの建設の必要性を示唆するデータである。

(二〇二一年三月、『自殺って言えなかった。』(サンマーク出版、二〇〇二)より改稿)

コロナ禍、激増する自死に放置される対策

玉井義臣

作文を読んでいて、なんとも重く、辛く・息苦しくなってきます。自分史を聞いていていて、その子の顔がもう見られなくなります。もういいよ、言わなくても……、そう、語りかけたくなります。

親を自殺で亡くした子ら（「自死遺児」と呼びます）がついに話し始めました。できれば話さず墓場までそっと持っていきたいタブーです。その勇気に頭を下げながら聞き取り、心でしっかり受けとめ、その言葉にならない人生の苛烈さを共有し共感したいと痛切に思います。そして、世の一人でも多くの人びとに、決して「ひとごと」ではないと受けとめてもらい、自死遺児が増えざるをえない現代の社会について逃げずに考えてもらいたいと願うのです。

自死遺児に限らず、遺児の作文をもう何編読んだでしょうか。

繰り返すようですが、昭和四三年（一九六八）一月、TVアフタヌーンショーで、一〇歳の交通遺児、中島穰君が作文「天国にいるおとうさま」を読んだのがあしなが運動史上はじめてです。穰君は、途中涙で読めなくなりました。司会の桂小金治さんは声を上げて泣き、

スタジオ中が涙にあふれました。全国の茶の間の悲しい感動の涙が、東京のスタジオに逆流してきました。

司会の一人として交通評論家をしていた僕は、圧倒されました。即座に、当時の田中龍夫総務庁長官が、「交通遺児の調査をしましょう」と約束してくださったのです。一人の少年の一つの作文が、遺児救済運運動の劇的なページをめくりました。

それから三〇余年、交通遺児、災害遺児、病気遺児、阪神・淡路大震災遺児と次々死因を問わず、道を切り拓いてきました。

今、自死遺児救済に向かっているとき、どうしても伝えたいのは、親がどんな死に方でも遺された子らには何の罪もない、ということです。ありがたいことに、世の人びとは遺児の悲しみに共感し、涙を共有し、それを寄付という愛の行動に変え、遺児の進学を支えてくださいました。進学した子らは、五万人を超えます。この愛は確かに子らの人生に幸せの果実をとり戻させたと確信します。

僕らは当初から親を亡くした悲しみ、辛さ、苦労など心の傷を癒すための精神的サポートにも力を注ぎました。学校の仲のよい友にも言えないことが、遺児仲間にはさらっと言え、そのことで心の重荷がすっととれる、と子らの多くから聞きました。「吐き出し」の意味、効果でしょう。多くの自死遺児も、それぞれの作文で「つどい」での自分史語りに救われたと書いています。

震災遺児との体験は僕らに新しい学習をさせてくれました。一瞬にして親と共に瓦礫の下になった恐怖に、子らの心は砕けてしまったのです。精神機能が一時停止し、子らはすべてを受けいれなくなりました。無気力になりました。死にたいと思いました。親の死は、自分がよい子でいなかったからだという自責感に悩んだのです。そんな幼児、小学生、中学生などに対して、「心のケア」「癒し」とはいっても、僕らは何をどうすべきか、手探りで行動するしかありませんでした。

僕らのスタッフは交通遺児OBがほとんどです。貝のように口を閉じて話さない震災遺児に、まずは自己紹介と、「お兄ちゃんも交通事故でお父さんを亡くしたんだよ」と言うと、大人には絶対口をきくもんかといった子らの顔にポッと赤味がさし、重い口が少し開きます。これは相当きめのこまかい長期のケアが必要だと建てたのが、神戸の「レインボーハウス（虹の家）」でした。

レインボーハウスは、米国ダギー・センターのケアのノウハウ、スキルと、あしなが運動のそれらをミックスしたものです。震災から五年、「死にたい」といっていた少女は、ここに集うことにより、幼稚園の先生になる夢（虹）が甦《よみがえ》りました。

自死遺児に戻ります。確かに彼らと接していくとき、これまで僕らが経験した遺児とのつき合いとは別格の難しさを感じます。だからといって、震災遺児より彼らのほうが、辛く苦しいという比較はできません。酷なようだが、自死遺児自身がいつの日かその重い鎖をとき放し、人生を切り拓くしかないのです。僕らは三〇年の経験と愛の心で、君たちの苦しみを分かち合いサポートしたいのです。喪われた愛は愛によって埋められる、と僕らは固く信じているからです。

神戸のレインボーハウスの成果を考えると、自死遺児にこそ「吐き出しの場」が必要ではないでしょうか。そこには安心と安全が保証され、訓練されたボランティアのファシリテーター（吐き出しなどを「手助けする人」）がいます。同じ境遇で悩んできた自死遺児たちが安心して胸に溜まっていたものを吐き出し、すっとすると同時に、仲間のことも知り、苦しんできたのは自分一人じゃない、頑張らなきゃ、と思える場になります。

そんなレインボーハウスが東京にも、名古屋にも、福岡にも、秋田にも日本全国に必要です。

アメリカにはダギー・センター方式のケアハウスが百近くあるといいます。遺児学生たちの間では「まず東京で」との声が出はじめました。台湾・台中県では震災半年で虹の家ができ早くも二号館ができそうです。迅速な対応と言えましょう。

さいごに、これだけは言いたいことがあります。遺児への心のケアの大切さは当然ですが、行政や社会が「自殺（自死）」の激増を防止するためになにをすべきか、を考えてください。自分の弱さから自ら死を選ぶものだという固定観念があれば、ただちに改めてください。

価値観やシステムが一八〇度突然変わってしまえば、大ていの人はついていけません。昨日まで会社主義でモーレツに仕事をしていた団塊の世代が、ＩＴ（情報技術）革命で「今日からいらないよ」と言われたらどうなるでしょうか。相互扶助の日本社会にアングロサクソン流の弱肉強食の論理が急に入ってきたら、潤いも何もない殺伐とした職場になり、心優しい人びとは排除されていきます。それは、グローバリゼーションの前には仕方ないことなのでしょうか。

ＩＴに対応できた若者も、一〇年二〇年先にはストレスに負け、自らのスキルの陳腐化に泣かない保障はありません。消費者金融全盛も許せません。こんな社会でいいのでしょうか。

マスメディアは、自死を社会的な問題として、なぜ問題にしないのでしょうか。

本当に個人の問題なのでしょうか。政治は無罪ですか、何の責任もありませんか。自殺へのセーフティネットを張るのは、政治の役割ではありませんか。

（二〇〇〇年四月、「台中虹之家」オープンの日に台北で記す）

自死遺児（自殺で親を亡くした子ども）の作文集小冊子『自殺って言えない』（あしなが育英会・二〇〇〇）が発刊された二〇〇〇年四月、購読希望が、発刊後二週間で四千件を超えました。第5章の作文は、その小冊子と『自殺って言えなかった。』（サンマーク出版・二〇〇二）からいくつかセレクトしたものです。

日本の自殺者は一九九八年に急増し、初めて年間三万人を突破。九九年も二年連続で三万人を超えることが確実となり、深刻な社会問題となったのです。

自殺者のうち、働き盛りの四〇代、五〇代の男性は一万人強。副田義也筑波大学名誉教授の推計で、自死遺児は九八年現在一二万三四九一人にのぼりました。同年の警察庁の調査では、子持ち世代である二五歳から五九歳の自殺者の原因・動機は、「経済問題」が前年比七三％増、「勤務問題」四九％増となり、増加率一位と二位は、不況・借金苦・リストラ・ストレスなどが原因といえ、深まる経済・社会情勢が、働き盛りの父親を自殺に追いやっていることを裏付けています。

このころ、「あしなが奨学金」申請書の親の死因記述欄には、「その他（自殺）」や「病気、心不全（実際は自殺だが子どもには秘密）」が目立つようになってきました。物心両面の、特に心のケアの必要性を感じたあしなが育英会は、急遽非公式の「自死遺児のつどい」を開催し、集まった一人ひとりの声に耳を傾け問題解決に向けて話し合いました。その結果、彼らの提案で次の三つのメッセージを込めた作文集小冊子の刊行が決まったのです。

一、自死という道を選び、死んでいった親を持つ者として、いままさに自死を選ぼうとしている人に、遺される家族の気持ちを知ってもらい踏みとどまってほしい。「お父さん、お母さん、死なないで」という思い。

二、以前の私たちのように、だれにも自分の体験を言えず、「つらいのは世界中で自分しかいない。「だれもわかってくれない」と思っているだろう自死遺児に、「ひとりぼっちじゃないよ」と伝えたい。

三、社会のすべての人に、親の自死に悩み苦しんでいる子どもたちがいることを知ってもらいたい。彼らが倒れてしまわないようにそっと肩を貸してほしい。「自死遺児を放っておかないで」という願い。

以上、一、二、三は作文集刊行理由です。

なお、失業者数と自殺者数には明らかに相関関係があるといわれていますが、今日の新型コロナウイルス禍による失業者の増加が、自死遺児を生み出さないことを願わずにはいられません。どうか、「お父さん、お母さん死なないで」という思いを子らに持たせないでください。親の死は、自分がよい子でいなかったからだという自責感を、子らに持たせないでください。

（二〇二一年三月、『自殺って言えなかった。』（サンマーク出版、二〇〇二）より改稿）

第6章　お父さんの顔――東日本大震災遺児の声

お父さんの顔

S・I（小五　福島）

私は、津波のあと、しばらくして、
遺体安置所にいきました。
そこには、お父さんと、
そのほか3人がいました。
そこには、お母さんが先にいって、
お父さんの顔を、
泣きながら見ていました。
私は、お父さんの顔を見たら、
血だらけで、泣きました。

3月10日まではいい日だったね

D・S（小三　岩手）

お母さんがいたら、いろんなことができたね。
ケーキとかつくったりできたよね。
保育園から帰ると、お母さんが作ったおやつを食べさせてくれたね。
3月10日まではいい日だったね。

次の3月11日の午後2時46分に津波がおしよせてきました。
私とおとうさんとおじいちゃんは大丈夫だったけど、
お母さんは、津波に流されてしまい、
お母さんの仕事場の前に死んでいました。
私はそのことをお父さんから聞きました。

私はそのことを忘れないようにしたいと思います。

がんばれ一本松

S・S（小三　岩手）

ぼくのお父さん
どこにいるか
みえないかな。
みえたらおしえて
一本松
おねがいするよ。

とくべつなあつかいはいやだ

N・T（小四　福島）

三月十一日地震がおきて、つなみがきました。

パパはそのつなみにのまれて亡くなってしまいました。

お父さんに、運動会や学芸会もみせたかったし、学校の事でそうだんにのってほしかったです。

パパがいなくなってから笑いもなくなってさみしかったです。

一ケ月たっても笑いません。

でもその時6月の運動会の前日、久しぶりに笑いがでて私は、明るく元気になりました。

それとともに、がんばりすぎて、はらいたもおとずれました。

そのときはがんばりすぎというのはわからなくて、

「なんで、おなかがいたいんだろう?」

とずっと思っていました。

でもママにきいたら、

「あなたは、がんばりすぎだから、がんばらないで」

と言っても、まわりのみんながちゃんとしていなくて、
私ばっかりたよってくるのでたいへんでした。

私のパパがなくなって一年四か月たちます。

パパがなくなってから、きょうふしんが多くなりました。

四人家族だけだと心ぼそいし、お兄ちゃんだけが家族でゆいいつたよれるそんざいです。

パパのかっこうはメガネとぼうしをして、
服はせなかが濃い柄のティシャツで、ズボンはジーンズです。

私がこんなときにパパがいたらなあと思うのは勉強のときです。

ママはいつもいそがしいからです。

学校でこまっていることは、パパがいなくなったことは、はなしていないことと、
先生にとくべつあつかいしていることです。

私は、先生にほかの人みたいに、とくべつにあつかってもらいたくないせいかくだからで

す。

ママがいてほしいとき

Y・O（小四　岩手）

ママは、やさしくて、おもしろくて、いつもにこにこしていました。
私とママの顔がにていると友だちに言われていました。
ママがいなくなってから、パパが料理を作っています。
「手伝って」
と言われたりしてたいへんです。
ママがいてほしいときは、
運動会のときとおふろに入るときと、おかしを買いに行くときです。
ママはチョコレートが好きだったので、
いつもママとスーパーにお菓子を買いに行ってました。

ママは3月11日の東日本大震災のつなみでなくなってしまいました。

僕は話せない

S・S（小六　岩手）

僕は、3・11の東日本大震災で
大切なお父さんを亡くしました。
今回のつどいで僕は、
ほとんどのことをみんなの前で話せませんでした。
僕は話せなくてただ話を聞いていました。
話せなかったのには理由が2つあります。
1つは、
自分にとってすごく悲しい事だったからです。
もう1つは、

なぜかその時だけ涙が出たからです。

心のケアプログラムの時にずっと涙が出ていました。

行く気になれないお墓

N・M（中一　岩手）

昨年のしん災でお父さんを亡くしました。

突然の出来事、津波で死んでしまったのと遺体もみていないので本当に死んだという気持ちがわきませんでした。昨年は時がたつのが本当に早く、もう1周忌かと思いました。

私はお父さんが亡くなってから、お父さんには会っていません。

この間1周忌をやった時もお母さんには
「お墓にいく？」

と聞かれたのですが、私はなんか行く気になれませんでした。理由は分からないのですが……。

私がお父さんがいなくなって一番大変なことは、いろんなところに車で出かけられないことです。今まで休みの日は、いろんな場所に車でお父さんの運転で行っていたのに、今はそれがぜんぜんできなくて、とても残念です。

まわりの友達は休みの次の日の月曜日とかに、

「昨日、どこどこに行ってきたよ」

とか話していて、そんな話を聞くと、うらやましいです。

でもそれはがまんしなきゃいけないので、がまんしています。

それが大変というか、困っていることです。

私は今年の冬に転校しました。

前の学校では私にお父さんがいないことをみんな知っていたので、とてもかわいそうな目で見られていました。なので今の学校では、お父さんがいないことをかくしています。

友達に、

「お父さん仕事、なにしてるの」

とか聞かれても、すごく曖昧に答えていました。

そんなことをファシリテーターさんに話したらすごく心がすっきりしました。

レインボーハウスだとみんな同じような気持ちや、経験をしているので、そんな感じになるのかなあって思いました。

悲しい感じの空気

G・E（中一　福島）

ぼくは昨年、津波で父を亡くしました。
父は、大工をしていて、たまたまその日だけ、宮城の沿岸で仕事でした。
地震がおこり、津波の注意報がでても、
父は、まじめだったので、道具をかたづけに行き、
津波にあい亡くなりました。
お父さんは、仕事中に震災、津波にあい亡くなりました。
お父さんの遺体を見ることは出来ず、
それに、かそう場も見れずに、お墓に行ってしまいました。

ぼくは、お父さんの遺体を見てなくても、
悲しい感じの空気がお母さんやおばあちゃんから伝わって来て、
涙が出たり、お父さんの思い出などがうかんできました。
ついに二ヶ月前までは、亡くなったことをうけ入れられなかったです。
最近になって、うけ入れられるようになってから、
苦手な社会の教科を教えてもらえたらな……や、
また、出かけたり遊んだりしたかったです。
いまは、中学校で、新しい友だちができて、
休みの日や部活の日の後半や前半の時に遊んだりして楽しいです。
勉強は、ほぼ毎日しています。
部活は、バレー部で、ほかの部よりも先輩はやさしく、部内が仲が良いと言われます。
部活は、もうベンチ入りして、最初の時よりも、練習にほとんど参加できて、
日々どんどんうまくなっていると先生から言われます。
それで今回、心のケアプログラムに参加して悲しんでいるのは、ぼくたちだけじゃなく、
いろんな人達も悲しみながら住んでいることが分かったし、

ファシリテーターの人たちも、だれかを亡くしていてでも、ここに来て、みんなと遊んだりしていることが、すごくいい人達だなあと思いました。

ぼくも、こういう人達になりたいなと思いました。

また、この心のケアプログラムに参加したいです。

カッコ良いお父さん

T・I（中一　福島）

私は、去年の震災でお父さんをなくしてしまいました。
私の家は地震の被害だけですみましたが、
他のところでは家が水びたしになったり、
あまりにも、ひどいところでは、
家も周りの家々も店も全部無くなってしまったところもあります。
よくその場を見に行こうとする人がいたりしますが、

私は絶対に行きたくありません。
だから見に行ったりはしていません。
お父さんもきっと、こんなになってる町を見たくなかったのかなあと思います。
私のお父さんは、震災から四ヶ月後に発見されました。
私はお父さんの死に顔を見たことがありません。
というよりは、見せてもらえませんでした。
着衣はつなぎだけだったそうです。
私にその姿を見せてはくれませんでした。
でも、その理由は、なんとなく分かってはいました。
かなしかったです。
私とお母さんは、お父さんがどうやって亡くなってしまったのかが分かりません。
その理由は震災がおきたのは突然のことだったからです。
お母さんは、
「父ちゃんは、最期まで頑張ってたんだよ。
最後まで、父ちゃんはカッコ良かったよ」

と言っていました。
お父さんは本当にカッコ良いお父さんです。
顔だけでなく心も、すんごくカッコ良いお父さんです。

「今、どこにいるの？」

R・S（中二　宮城）

私の母と祖父母、おばさん、曾祖母は3月11日の東日本大震災で亡くなりました。
3月11日の朝、私は普通に学校に行きました。
母と最後に交わした言葉は「いってきます」「いってらっしゃい」でした。
震災が起きた時学校にいた自分は、友達と一緒にいました。
友達は親が迎えにきて、私だけが誰も迎えにきてくれませんでした。
その時は、まだ小さい妹の所に行ったのだと思おうとしていました。

私と妹が会ったのは3月13日でした。
2人は、うれしくてうれしくて涙が止まりませんでした。
そこで妹が、「ママは‼」と聞いてきて一瞬自分の中で時間が止まりました。
妹は、「一緒じゃないんだ……」と小さい声でつぶやきました。
そこでなぜか分からないけど妹に、「ごめんね」と謝っている自分がいました。

それから、毎日毎日、母を始め5人を探す日々が始まりました。
6月に曾祖母が遺体で見つかりました。
その近くに母のかばんも落ちていました。
曾祖母以外の残り4人は未だ不明です。
亡くなったという現実を知っていながらも、
まだどこかで生きているのではないかという思いがまだあります。
たまに遺影に
「今、どこにいるの？」

と話しかけます。

またみんなと3月11日より前に戻って話したいというのが、今一番の願いです。

くさった人は父じゃない

M・T（中二　岩手）

私は、去年の東日本大震災で父を亡くしました。

最初はずっと父の死を受け入れることができませんでした。

父の遺体が見つかるまで仕事場と家を行ったり来たり、母は遺体安置所にも通いました。

その間ずっと、「私の親が死ぬはずない」と思っていました。

4月に父と無言の再会をした時、こんなふうにくさった人は父じゃないって思ったけど、親せきから、「お父さんだよ」と言われ涙が止まりませんでした。

遺体の横にあったゴミ袋に、父の服とケータイが入っているのを見て、やっと父なんだと思えました。
父の遺体は、頭に穴が開いていたり、全身の骨が骨折したりしていたそうです。
父は津波にのまれてすごい痛みで死んじゃったんだと思います。
私は、何度も震災が起きなければよかったのにって思います。

父とたくさん約束したのに、ほとんど果たせていません。
父はずっと結婚式を楽しみにしていました。
口ぐせで、「中学卒業したら結婚しろよ」といつも言っていました。
将来、結婚式に父がいないのは、とても悲しいよりも、
結婚式姿を見せられなかったってくやしさのほうが大きいかもしれません。
私が一番後悔しているのは、父にいつも何かやってもらってばかりで、
父になにかするっていうことはしませんでした。
何かしてもらっても感謝の言葉を言ったことはありません。

生きているときに言いたかった。

お父さん、今までありがとう。

空が青くて、とても暖かい日

N・N（高一　宮城）

私は、今までお父さん、お母さん、妹弟の五人で暮らしていました。

お父さんは、朝から夜まで働いてくれて、お母さんは、家事を完ぺきにできる、大好きな両親です。毎日が楽しくて、家でみんなでいる時間が私は好きでした。

しかし、この大きな地震で、お父さんを亡くしてから、生活が、ガラリと変わりました。

地震の時、私は友達の家へ向かう途中で一人でした。卒業式の前日で、学校が早く終わり、家に帰って、遊びに行きました。

これが最後の家を出る時でした。

とても空が青くて、とても暖かい日でした。

自転車に乗っていると地面が、大きくゆれて、立っていられないくらいゆれました。私は、一人でスゴくスゴくこわかったです。

周りの家の、かわらが、ガタガタと音をたてて、くずれ落ちていくのがわかります。私は、急いで近くにあったガードレールにつかまり、落ちつくのをまちました。

何があったのか、わからないまま中学校にひなんしました。

ふと我にかえると、お父さん、お母さん、妹、弟のことがとても心配になり、涙がとまりませんでした。

電話をかけてもつながらなく、どこにいるのかもわからないまま、夜になり、真っ暗い音楽室に、同じ年のみんなで集まり、先生とお互いはげまし合うことをしました。

お母さんと電話がつながった時、お母さんは泣いていました。「今は、弟といる」と聞いてとても安心しました。

しかし「家はもうないんだよ」「パパは、まだわからない」ということを聞いて、言葉がありませんでした。自分では、家は、水に入った、パパは会社の人とひなんしているんだと思っていました。

つぎの日、お母さん、弟がいる小学校へ行くと、周りには何もありませんでした。もちろん、昨日まで住んでいた家もありません。

たとえ、家がなくても家族がいれば、だいじょうぶと思っていました。しかし、お父さんだけ、いつまでも見つからず、会社の人たちと、ひなんしたわけでもありませんでした。

もう地震から一カ月とゆうのに、お父さんに会えないまま、私のたん生日の4月24日の前日、お父さんが見つかりました。

もう、信じられなくて、悪い夢を見ているようでした。お母さんは、毎日泣いていましたが、私たち兄弟の前では弱いところを見せないようにしているんだなと思いました。

今では、四人の生活。家もやっとの思いできまり、普通に生活できるようになりましたが、ただ、違うのは、尊敬していた父がいなくなったことです。たくさん話したいこと、高校の制服を見せたかったこと、たくさん、たくさんしたいことがありました。

これから先、まだ、どうなるかわからないけど、頑張りたいです。

すべて、元に戻ればいいのに

E・U（大二　岩手）

震災の前は、家族のありがたみと当たり前がどんなに幸せかをわかっていなかったと思う。家があって、両親がいて、おじいちゃん、おばあちゃんがいて。そんなすべてのことがあって、当たり前だと思っていた。

又、震災の前は、普通の女の子と同じようなことで悩んだりして。家族旅行、お母さんが料理を作ってくれて、お父さんが車の運転を教えてくれて。当たり前が、どんなに幸せなことか全く理解していなかった。

震災の当日は、アメリカのカリフォルニアにいて、友達からの電話で知らされた。

いつもの地震程度にしか、考えていなかった。

テレビを見て、やっと事の大きさに気がついた。

妹にさえ、一週間連絡が取れず、不安な一週間をすごした。妹に、やっと連絡がついた頃には、親せきから、「えっちゃんの両親は、まだ不明」と聞かされた。

まさか、自分の親が、自分が生きているうちに、震災の被害者になるとは想像もしていなかった。


震災の後は、毎日（いまでも）泣く日々、悩む日々が続いている。

すべて、元に戻ればいいのに。

まだ、両親の死を受け入れることは出来ないけど、一歩一歩進んで行かなきゃいけないプレッシャーもある。

自分が、心の整理と現実についていけないと実感する。

けど、私が（妹も）生きていることは、奇せきに近いことだし、両親が妹を産んでくれて、本当に感謝している。一人っ子だったら、やっていけなかったと思う。

又、周りの人達にも感謝している。とにかく、人生は人と人とのつながりで成り立つということを震災という形ですごく理解できた。

死がひそむ日常生活——副田義也

遺児の作文に共通する主題がある。それは死がひそむ日常生活ということだ。かれらはその死をめぐって、うけいれられない、うけいれられるの争いにさいなまれている。

中一の女子Mさんはつぎのようにかいた。

「昨年のしん災でお父さんを亡くしました。突然の出来事。津波で死んでしまったのと遺体もみていないので、本当に死んだという気持ちがわきませんでした（中略）。私はお父さんが亡くなってからお父さんには会ってません。この間一周忌をやった時もお母さんには『お墓にいく？』と聞かれたのですが、私はなんか行く気になれませんでした。理由はわからないのですが……」

大正期の哲学者は、その代表作のなかで、遺体は死の現実だが、墓は死の象徴であるといった。この女の子は、遺体をみていないという理由にとりすがり、父の死を現実のものとしてうけいれていない。それなのに、墓にゆけば父の死の象徴に直面しなければならない。それは父の死のうけいれのはじまりである。彼女は本当に理由がわからないのか。おそらく、意識の表面では理由がわからないとしつつ、意識の深層では理由がわかっているにちがいない。

中一の男子E君はつぎのようにかいた。

「ぼくは昨年、津波で父を亡くしました。(中略)つい二ヶ月前までは、亡くなったことをうけ入れられなかったです。最近になって、うけ入れられるようになってから、苦手な社会の教科を教えてもらえたらな……や、また出かけたり遊んだりしたかったです」

この男の子は、父の死をうけいれられない、うけいれられるという精神状態を区別しているのが、われわれの興味を惹く。かれは、父の死をうけいれて、父にもっと勉強を教えてもらいたかった。いっしょに遊んでほしかったという気持ちをはじめておぼえたという。これは裏返すと、父の死をうけいれられないあいだは、父の記憶やイメージをふくむ想像力のはたらきが心にうかばないということである。それはどんなに苦しい心理状態であったことだろう。

大二の女子Uさんは、震災当日、アメリカのカリフォルニアにいた。一週間目に両親の行方不明を電話で聞かされる。まさか自分の親が、想像したこともなかった。震災のあと、毎日、泣く日々、悩む日々がつづいている。こうかいたあと、Uさんはつぎのようにいう。

「けど、私が(妹も)生きている事は、奇せきに近いことだし、両親が妹を生んでくれて、本当に感謝している。一人っ子だったら、やっていけなかったと思う。又、周りの人たちにも感謝している。とにかく、人生は人と人とのつながりで成り立つということを震災という形ですごく理解できた」

私の感想。震災、津波、両親との死別、このうえがない残酷な試練に出合って、悲しみ、苦しみながら、この娘は結果として大きく成長している。子どもとは不思議な可能性をもつ存在だ。彼女がそのように生きてくれることを、だれに感謝するべきか。

中二の女子Sさんは、大震災で、母、祖父母、おばさん、曾祖母を亡くした。(男たちは出稼ぎにゆき、女たちが地元に残っていた家族が多い)三月一一日、母と最後にかわした会話は、「いってきます」「いってらっしゃい」だった。震災のあと、母は学校に迎えにこなかった。

「私が妹に会ったのは三月一三日でした。(中略)そこで妹が、『ママは?』と聞いてきて一瞬自分の中で時間が止まりました。妹は『一緒じゃないんだ……』と小さな声でつぶやきました。そこでなぜかわからないけれど妹に『ごめんね』と謝っている自分がいました」

私の感想。Sさんはなぜ「ごめんね」といったのか。妹をかわいそうにおもう「ごめんね」。妹を母と会わせてやれない自分の非力さを詫びる「ごめんね」。自分も母の死の予感におびえつつ、妹をさきにおもいやる姉としての「ごめんね」。

まだ、口がひらけない子どももいる。父を亡くした小六の男子S君はいう。つどいで父の死について話せなかった理由についてふたつ。

「一つは、自分にとってすごく悲しい事だったからです」

「もう一つは、なぜかその時だけ涙が出てきたからです」

S君、話せるようになるまで、いつまでも待つよ。

死がひそむ、あるいはあらわになる日常生活にたえて生きる遺児たちよ。

あしなが育英会は、つどいの開催やレインボーハウスの建設で、できるだけ、君らをバック・アップする。しかし、さいごに頼るのは、君らの生命力と精神力のみである。

（二〇一一年三月、『お父さんの顔』『3月10日まではいい日だったね』（あしなが育英会編、二〇一二）より改稿）

「やさしさ」に癒される「哀しみ」

玉井義臣

東日本大震災から一年と九カ月が過ぎました。この間、私は日本人の「やさしさ」について、ずっと考え続けています。

半世紀近く前になりますが、最愛の母を暴走トラックによる交通事故で喪った私は、この輪禍をきっかけに交通遺児救済のためのあしなが運動をはじめました。遅くに結婚した妻をがんで喪ったこともあって、あしなが運動は病気遺児、災害遺児、自死遺児救済へと広がっていきます。

その中で、私をいつも助けてくれたのは遺児の作文集でした。文章は拙く、誤字脱字もまま見受けられましたが、そこには故なくして最愛の親を、家族を奪われた子らの「哀しみ」が色濃く宿っていました。母を妻を、事故や病気で喪っていた私には、その「哀しみ」に共感できたのです。共感できるだけに、なんとかしたい、その一念で今日まであしなが運動に邁進してこられたのです。

あしなが運動が九百億円の寄付金を集め、九万人の遺児に進学の道を拓くことができたのは、私と同様に「哀しみ」に共感してくださったあしながさんや遺児学生を含む学生諸君がいたからです。その「哀しみ」に共感できる心を、私は「やさしさ」とうけとめています。東日本大震災で発揮されたあしながさんと学生諸君の「やさしさ」は、世界のどこにでも見られます。人種、言語、風習の違いをこえた、人類共通の「情」の結集ともいえましょう。

第6章の作文を、もう一度ご一読願いたい。岩手県在住の九歳の少女は、作文を「お母さんがいたら、いろんなことができたね」とはじめます。「3月10日まではいい日だったね」と続け、母親の死を「忘れない」と言い切っています。淡々と事実のみ書かれているだけに、この作文には、少女の深い「哀しみ」が秘められています。

この少女の「哀しみ」を癒すためには、あしながさんや学生諸君の「やさしさ」がどうしても必要となります。癒す場所としてのレインボーハウス建設を、東北の地にも、一刻も早く実現したいと願っています。

九歳の少女が「お母さんがいなくても、いろんなことができるね」と言い、「今日もいい日だったね」と微笑みを浮かべる日が来るためには、あふれんばかりの「やさしさ」が望まれています。

この作文集が、その一助となるなら、これに勝る喜びはありません。

半世紀を迎えようとするあしなが運動は、多くのあしながさんに支えられてきました。感謝してもしきれません。古くからのあしながさんに、どうしてあしなが運動にご協力いただけたのですかと、たずねたことがあります。異口同音に、その答えは『『天国にいるおとうさま』を読んだから』でした。

「天国にいるおとうさま」とは、交通事故で父親を失った一〇歳の少年中島穣君が書いた、わずか三一三文字の作文です。

はじめて読んだとき、最愛の母を交通事故で失っていた私は泣きました。当時、私がレギュラー出演していた「桂小金治アフタヌーンショー」で、この作文を中島少年が読み上げたとき、ブラウン管の内外を問わず涙であふれました。一家の大黒柱を失って、進学の夢を断たれた交通遺児の子らに、日本全国があたたかな眼をそそぎはじめたのです。

大げさではなく、日本の政財官界、マスコミが動きました。更に、あしなが運動は中島少年の作文により、あしながさんというなにより強い味方を得たのです。

その後、交通遺児のみならず、病気遺児（特にがん遺児）、阪神・淡路大震災の震災遺児、自死遺児らの作文集をあしなが育英会は世に問い、遺児救済の道を開いてきました。

そして今、千年に一度という東日本大震災により、故なくして父を母を、あるいは一家全員を奪われた震災遺児たちが、心の中に秘めていた「想い」を作文にして訴えています。冒頭の作文「お父さんの顔」を、今一度お読みください。中島穣君とほぼ同年齢の少女は、

「お父さんの顔を見たら、血だらけで、泣きました」

と、書いています。

わずか一一八文字しかない少女の作文に、夫を失った母親の、そして父親を失った娘の悲しみがあふれています。最愛の肉親を奪われた震災遺児たちの心の叫びに耳を傾けていただけないでしょうか。そして、その悲しみを癒すために、あしなが育英会が進めている「東北レインボーハウス」建設へのご理解をいただきたいと願っております。

これらの遺児作文が、再び日本を動かすことを、私は信じています。

（二〇一二年三月、『お父さんの顔』『3月10日まではいい日だったね』（あしなが育英会編、二〇一二）より改稿）

刊行に寄せて

一般財団法人・あしなが育英会名誉顧問
岡嶋信治

一九四三年五月、私は新潟県柏崎市に六人兄姉の末っ子として生まれた。

この時すでに私には、「あしなが運動」に取り組むことが宿命づけられていたように思う。というのも、母の胎内にいた時、母のどうすることもできない慟哭で父の死を知らされていたからである。私が生まれる三カ月前に父は病死していた。第二次世界大戦中で医療もままならない時代であった。

一〇歳を頭に二つ置き位に並ぶ五人の子どもたち。そこに、たった今生まれた私を抱え、母はどんな気持ちだっただろう。手に職もなく、わずか五〇アール足らずの田畑にすがりつくしかなかったのだ。

しかも不運は容赦なく重なり、私が小学四年の時、頼りにしていた一八歳の兄が心臓病で亡くなった。その悲しみからようやく抜け出た八年後、今度は二つ上の姉が、二〇歳になった年末、当時日本中を襲っていた流行性感冒から急性肺炎を併発し、他界してしまった。私が高校二年の時だった。

そして今度は、その後わずか一年と経たないうちに、長岡に嫁いだばかりの姉が、生まれて一〇カ月のかわいい盛りの乳飲み児もろとも、酔っ払い運転に轢《ひ》き逃げで奪われたのである。母の髪は一晩で真っ白になっていた。

「この世には神も仏もない」と絶望の淵に沈んでいた私は、その思いを、姉の事故死から半月後に『朝日新聞』の「声」欄に、「走る凶器に姉を奪われて」と題して投書し掲載された。この投書に対して全国から一三〇通もの励ましの手紙が届いた。その手紙に支えられて私は立ち直った。高校卒業と同時に東京の測量会社に就職し、さらに技術を高めようと夜間の測量専門学校に通うまでに、私は将来に対して意欲的になっていた。

そこまで励ましていただいた恩返しとして、私は再び投書で交通事故遺児の問題を呼びかけ、集まった一六人の仲間と共に一九六七年四月、「交通事故遺児を励ます会」を立ち上げた。活動の大きな目標のひとつに遺児の作文集発行を掲げた。私自身の投書の経験から、生の声を綴った文章の力がいかに大きいか実感していたからである。ところが、交通遺児がどこにいるのかわからない。当時の「全日本交通安全協会」や東京都内の小中学校一九校に問い合わせても、未回答か「該当者なし」だった。たちまち活動は暗礁に乗り上げてしまい、三カ月も経たないうちに仲間は半分に減っていた。

この時に出会ったのが、玉井義臣氏が書いた『交通犠牲者——恐怖の実態を追跡する』(弘文堂)だった。その本を読み、「玉井先生は私と同じ悲しい体験をしている。この先生なら力になってくれるのでは」と、出版社経由で「会ってほしい」と手紙を出した。

六七年七月三日午後一時、日本教育テレビ(現テレビ朝日)で玉井先生とようやく会うことができた。私が二四歳、玉井先生が三二歳の時だった。私は自分の生い立ちや今までの経過を洗いざらい話した。私の話に静かに耳を傾けていた先生はひと言、「わかりました。協力しましょう」と言ってくださった。その時に差し伸べられた手の力強さ、温かさ。五三年経った今も、この手に感じることができる。

私は毎年、あしなが育英会の高校奨学生や大学奨学生の「つどい」(合宿研修)に招かれて話をしている。その時必ず話すのは、「あしなが運動という松明リレーを絶対に絶やさないでほしい。そのためにも、親を亡くした時の悲しみや苦しさを忘れないでほしいし、それをできるだけ多くの人に語ってほしい」ということだ。

『天国にいるおとうさま』(サイマル出版会)が悲しい一粒の種となって、いまやあしなが運動はアフリカの遺児救済にまで拡がる貴重な愛の運動に育っている。それは、勇気をもって悲しみを語る遺児が存在し、その悲しみを心から受け止め励ましてくださる数知れない人々がいるからであろう。

私は今年（二〇二〇年）喜寿を迎えた。そんな私自身のことも含め、多くの遺児を救ってくださった方々の「やさしさ」に、この場を借りて改めて深く感謝申し上げたい。そして、この度刊行された遺児たちの作文選集がひとりでも多くの方々の手に渡って読まれることを願ってやまない。

（二〇二〇年一一月二日）

おわりに——あしながさんと「愛のおくりもの」

玉井義臣

学生募金はあしなが運動育ての親

第1章の章末に、あしなが運動の同志であり、「交通事故遺児を励ます会」を設立した岡嶋信治さんが、見知らぬ一三〇人の読者から励まされたことを書きました。そして、その一三〇人の方たちを「第一のあしながさん」とよびました。

運動史上、第二番目のあしながさんは全国学生交通遺児育英募金（以下「学生募金」と略称）を支えた延べ六〇万人の学生諸君と、それに応じた延べ五千万人の善意の人びとです。励ます会が育英会の生みの親とすれば、学生募金は育ての親といえましょう。

交通遺児育英会はつねに資金難でしたが、一九七〇年春、みちのく秋田大学の大学祭で、実行委員会の桜井芳雄君と仲間が若者の連帯で交通遺児を救おうと立ち上がりました。交通事故がピークに達する年で、死傷者は年間百万人になろうとしていたのです。彼らは、同じ世代の交通遺児が父の死によってその後の人生を落伍させられるのを、看過することはできないと全国の大学に呼びかけたのです。

大学祭では全国の仲間を十分に説得できなかったので、秋田大実行委のメンバー六人が、その年の秋、交通遺児育英会に事務局を置き、全国の大学を徹底的にオルグしていきました。その結果、約四百大学（団体）の支援を得て、二二八六万円募金の快挙をなしとげたのです。これが第一回学生募金（山本五郎事務局長）の成果でした。

その事務局を全日本学生自動車連盟（一二八大学自動車部加盟）が継承して、一九八三年第二六回まで担当し、学生募金の基礎を固めました。その後二七回から遺児学生や自動車部学生たちが事務局を継承し頑張りました。募金主体である学生たちは、全国の大学の運動部や文化部にそれこそローラー作戦でオルグをかけたのです。高等看護学校、高校、中学校、小学校などには校内募金を呼びかけました。その数は、一九八五年までで参加学校、団体は延べ約六万、募金総額は一八億一一六六万円に達しました。

だが学生募金があしなが育英会の育ての親だというのは、この募金額一八億円は単に一八億円にとどまらず、大きな呼び水効果をもたらしたことによります。募金が報道されると、どこからともなくたくさんの寄付が交通遺児育英会に集まりましたし、国会で議題にのぼり、育英会の政府補助金増額の支援材料ともなりました。学生募金は、募金・補助金獲得の尖兵《せんぺい》だったのです。

交通遺児たちは、全国津々浦々で街頭募金に立ち続けた学生たちと、募金に応じてくれる人びとにどれほど力づけられたことでしょうか。そしていつしか、遺児たちはこの延べ六〇万学生と延べ五千万国民のことを「一日あしながさん」と呼ぶようになったのです。

またこれとは別に、一九七一年には学生募金の各県の組織から、「お金だけでは遺児の悲しみは癒されないし、肝心の事故防止をしないと遺児はふえる一方だ」と、励ます会が続々誕生し、三五の励ます会で全国協議会（岡嶋信治会長）を結成しました。若者たちのめざましい活躍が始まったのです。家庭訪問、文通、レクリエーションなどで、遺児母子を励ます一方、遺児作文集を刊行し、ドライバーに配布して事故の悲惨さを訴えました。

全国協議会では、制度的救済を求めて「交通遺児と母親の全国大会」を開催し、三二項目からなる要望を政府と各党につきつけ、以後毎年、今日まで続けられています。また、車社会を根本的に改革しないと事故絶滅はありえないと、ノーカー運動、ゆっくり歩こう運動、赤トンボ号日本一周運動など、生産第一のスピード社会、モーレツ主義、モノカネ社会を批判して、欲望への我慢を訴え、心の豊かさの回復を願う減速の哲学「ユックリズム」を提唱しました。

励ます会会員は、ただ純粋に奉仕し、行政の穴埋めとして利用されるボランティアではいけないと一生懸命勉強し、政治には制度的救済を求め、社会と人びとには地球家族と共存するユックリズムを訴えながら、みんなぐんぐん成長していったのです。

励ます会活動に没頭するうちに遺児と共に生きたいと、山本孝史、山北洋二、藤村修、吉川明、工藤長彦の諸君が次々と育英会に入局。学生募金の提唱者桜井芳雄君と、立教大学自動車部主将の林田吉司君も入局しました。そして、育英会の年中無休体制は彼らの使命感と情熱によって支えられ、今日の基礎が築かれたのです。

この励ます会会員も、育英会職員も、身内ではあるが、交通遺児にいちばん密着して共生した「あしながさん」であるといえましょう。

あしながさん制度の発足

第三人目のあしながさんは、交通遺児の教育里親「あしながさん」その人です。一九七九年四月、育英会には奨学金は半年分しかなく、絶体絶命のピンチに陥っていました。何かアイディアはないだろうかと、その二、三年前から、私はいつも考えていました。

育英会発足後まもない頃より、毎月和紙の便箋に枯れた毛筆で奨学金を送ってくださる匿名のご婦人がいらっしゃいました。毎月亡夫の墓参の帰りに郵便局から送られてくるので、私は「本所消印のおばあちゃま」と呼んでいました。おばあちゃまというのは失礼だが、それほどに達筆で、短い文章に教養がにじんでいたのです。

評論家の樋口恵子さんは、「玉井さん、何も応援できませんが、いまの私にできるのは、子どもに何の義務感も負担も感じさせずに、毎月奨学金を出すぐらいのことです。ひとつそれを制度に考えてみられては」と言ってくださいました。遺児たちは、大金持が同情でお金を恵んでくれるのを嫌います。寄付者の善意を素直に受け取り、感謝の念をもたせるにはどうしたらいいのでしょうか、これは常づね考えていたことでした。

そうこう考えているとき、私の頭をよぎったのは、若くしてカリエスで逝った姉の愛読書、ウェブスターの『あしながおじさん』でした。貧乏人の子だくさんで、私は一一人きょうだいの末っ子でしたが、兄や姉は誰も高等教育を受けることができなかったのです。きっと向学心のつよかった姉も『あしながおじさん』を乙女心に心待ちにしつつ、貧困と過労のなかで病んでいったのでしょう。

私の頭の中では、三つのことがぐるぐるまわっていました。一人の交通遺児を一人の篤志家が、入学から卒業まで奨学金の支援をする制度です。いわば、教育養子と教育里親ともいえましょう。それも誰が誰を養子にすると特定するのでは不都合なことも出てきます。たとえば、情は濃くなるかもしれませんが、心の負担は重くなります。それに交際がいきすぎると、いいことばかりはおこりません。たしか原作でも、ジルーシャもお金持の同情は嫌いだ、と言っていました。

もっと淡々としていて広い愛。どこかの誰かが、どこかの誰かに、名もつげず、そっと贈る真心。そんな奨学金ができたらすばらしいのではなかろうか。そんな気持ちをこめて、一九七九年四月一九日の朝刊各紙で、「あしながおじさん奨学金」制度を発表しました。

ものすごい反響がありました。事務所の電話は、終日鳴りっ放しでした。女優の森光子さんも、ご自身が直接、電話で申し込んでくださいました。匿名を強く望まれ、「売名行為ととられるのはいやです」とあくまで控え目でした。

遺児たちの心を強く揺さぶった「愛の無償性」

申込書を読むと、動機欄にはあしながさんがけっして裕福で幸せ一筋の人生を送られてきたのではなく、むしろ貧しかったり苦しい青春を、善意に励まされながらいまの生活を築かれた、そんな生きざまがにじんでいました。いくつかご紹介させてください。

「私も奨学金がなかったら高校に行けなかった。子どもは未塾っ子（塾に通っていない）だが、そのぶん、主人に許してもらって送金します」（岡山・Sさん）

「娘は心臓病でこの世に生を受けました。まわりの人びとの暖かい思いやりに感謝して」（東京・Sさん）

「去年、最愛の娘を暴走族のオートバイで亡くし悲しみにくれていましたが、この頃やっと娘のことを胸の奥にしまって、頑張ろうという気持ちになってきました」（三重・Oさん）

などなどです。

あしながさんは、大金持どころか、貧しくともくじけずいまの生活を堅実に固められている人で、ふつうの〝庶民〟が大方と思えました。こんな方がたが、一九七九年から一九八一年までの第一期あしながさんとして、一七七〇人応援してくださったのです。私たちは感動し、涙しました。

私たちは、このあしながさんの、さりげないが広く深い愛を、どう遺児たちに伝えるかを考えました。まず、夏休みの「奨学生のつどい」で、あしながさんの動機集を輪読させ、その心を伝えるよう努めました。あしながさんがお金持で余ったお金をくださるのではなく、ふつうの庶民が僕たちの心の痛みをわかって生活費の一部をさいて援助してくださっているのだと知ると、遺児たちの目がジーンと潤みました。父の死後、親戚の人や、近所、学校で、冷たくされ、バカにされて、いじけて生きてきた彼らにとって、その愛は信じ難いほど純粋に受けとることができたのです。

奨学金を贈ることで何かを期待できるものではなく、いわば愛の無償性が遺児たちの心を強くゆさぶったのでしょう。彼らは、父の死後、やっと信じられるものに邂逅したのです。遺児たちの心は素直に開かれていきました。高校生たちはあしながさんに、逆境に負けず勉強や部活に打ち込むことを手紙で誓いました。

あしながさんはこの子らに奨学金だけでなく、「暖かい心」「励まし」「無言の諭し」という愛の贈りものをしてくださったのです。

この作文集の中にも、あしながさんへ感謝する遺児たちの言葉が多く見られます。あしながさんの「愛の贈り物」は、確かに遺児たちの心の奥底に届いていることを知ることは、私の大きな喜びとするものであります。

（二〇二一年三月、『あしながおじさん物語』（サイマル出版会・一九八五）より改稿）

初出一覧

第1章　なくなってしまえ車（交通遺児の声）

なくなってしまえ車（玉井義臣編『母さん、がんばろうね』サイマル出版会　一九七四年）
もう一度かたぐるまして　おとうさん（『母さん、がんばろうね』）
天国の門をしめて！（『母さん、がんばろうね』）
「とうちゃん　すんだはあ」（『母さん、がんばろうね』）
血にまみれた五十円玉（『母さん、がんばろうね』）
成よ、本当にごめんな（玉井義臣編『あしながおじさんへの手紙』サイマル出版会　一九八二年）
広い心をありがとう（玉井義臣編『あしながおじさん物語』サイマル出版会　一九八五年）
ありがとう、あしながおじさん（『あしながおじさんへの手紙』）
最初で最後のおむすび（『あしながおじさん物語』）
「おばちゃんの手、痛いからイヤだ」（『あしながおじさんへの手紙』）
母が泣いた日（玉井義臣編『母が泣いた日』サイマル出版会　一九七九年）
幸せに、お母さん（『あしながおじさんへの手紙』）

平和の殺人罪（『母さん、がんばろうね』）

第2章　恩返しをしたい（災害遺児の声）

恩返しをしたい
泣いてほしくない
お父さんはお星さま
おとうさんをかえしてください
ぼくは、お父さんの顔をしりません
黒こげのミニカー
お父さんの声が聞こえる
命の火
ハチがにくい
お金がたりない
お父さんのことでいじめられる
赤い血の返事
前を向いて
父の夢を実現したい

第2章すべて、玉井義臣編『災害がにくい』サイマル出版会　一九八七年

第3章　黒い虹（阪神・淡路大震災遺児の声）

黒い虹
ゴトゴトさんがつれていったの
ガイコツに追われたゆめ
お空から見守っていて
とってもくやしい
ごめんなさい父さん
本当は先生になりたい
死にたかった
進学の夢あきらめない
もう食えない手料理
「笑顔」で死んだ父さん
生きていかなきゃ
たった一枚の写真
「がんばってね」と言わないで！

おまえらばっかりええのん
娘の最期の蹴り

第3章すべて、あしなが育英会編『黒い虹』廣済堂出版　一九九六年

第4章　お父さんがいるって嘘ついた（病気遺児の声）

お父さんがいるって嘘ついた
バケツいっぱいのなみだ
いっしゅん気絶したお母さん
あの日のじん麻疹
とても硬かった手術の傷跡
天国の泥棒
泣けない、泣きたくない
空白の「父親」欄
お父さん、覚えてますか
洗えない父のセーター
温かくならない手
がんと闘う医者になりたい

何度も考えた「退学」

第4章すべて、あしなが育英会編『お父さんがいるって嘘ついた』廣済堂出版　一九九七年

第5章　自殺って言えなかった（自死遺児の声）

自殺って言えなかった（あしなが育英会編『自殺って言えなかった。』サンマーク出版　二〇〇二年）
お父さんへ（『自殺って言えなかった。』）
もし、父が生きていたら……（『自殺って言えなかった。』）
この一年の思い（『自殺って言えなかった。』）
私は十八歳になりました（あしなが育英会編『自殺って言えない』自死遺児文集編集委員会　二〇〇〇年）
「仲間」だと思ったとき（玉井義臣編『あしながおじさん物語』サイマル出版会　一九八五年）
どうしたら父は死ななかったのだろう（『自殺って言えなかった。』）
あのとき、そばに行ってあげれば（『自殺って言えない』）
父のためにも精いっぱい生きていきたい（『自殺って言えなかった。』）
父の死から九年がたった今（『自殺って言えなかった。』）

第6章　お父さんの顔（東日本大震災遺児の声）

お父さんの顔（あしなが育英会編『お父さんの顔』二〇一二年）

3月10日まではいい日だったね（あしなが育英会編『3月10日まではいい日だったね』二〇一二年）

がんばれ一本松（『3月10日まではいい日だったね』）

とくべつなあつかいはいやだ（『3月10日まではいい日だったね』）

ママがいてほしいとき（『3月10日まではいい日だったね』）

僕は話せない（『お父さんの顔』）

行く気になれないお墓（『3月10日まではいい日だったね』）

悲しい感じの空気（『3月10日まではいい日だったね』）

カッコ良いお父さん（『3月10日まではいい日だったね』）

「今、どこにいるの？」（『お父さんの顔』）

くさった人は父じゃない（『お父さんの顔』）

空が青くて、とても暖かい日（『お父さんの顔』）

すべて、元に戻ればいいのに（『お父さんの顔』）

〈付録1〉「一般財団法人・あしなが育英会」について

一．事業の目的

あしなが育英会は、日本とサブサハラ（サハラ砂漠以南）・アフリカ地域等の遺児（保護者が病気や災害、自死などで死亡、または著しい障害を負っている家庭の子ども）に、奨学金による進学援助とレインボーハウス等による心のケアを行ない、彼らが将来、「暖かい心」「広い視野」「行動力」「国際性」を兼ね備え、広く人類社会に貢献する人間に成長することを願って事業に取り組んでいます。

二．奨学金の種類と月額

ア　高等学校奨学金月額（高専を含む）　国公立高校生四万五千円（うち貸与二万五千円・給付二万円）、私立高校生五万円（うち貸与三万円・給付二万円）

イ　大学奨学金月額（短期大学を含む）　一般七万円（うち貸与四万円・給付三万円）、特別八万円（うち貸与五万円・給付三万円）

ウ　**専修・各種学校奨学金月額**　七万円（うち貸与四万円・給付三万円）

エ　**大学院奨学金月額**　一二万円（うち貸与八万円・給付四万円）

オ　**私立高校入学一時金**　三〇万円（貸与）

カ　**私立大学入学一時金**　四〇万円（貸与）

キ　**進学仕度一時金**（進学予定の高校奨学生三年生対象）　四〇万円（貸与）

※貸与金は、卒業の半年後から二〇年以内に、年に一回・半年に一回・毎月払いのいずれかの方法で、無利子で返還していただきます。

※奨学金についての問合せ先

フリーダイヤル　〇一二〇―七七―八五六五

E-mail　syougaku@ashinaga.org

三、奨学生の「つどい」

高校奨学生の「つどい」を、毎年夏休み期間中の三泊四日、全国八会場で開催しています。ゲームや野外活動、語り合いなどを通しての仲間づくりと、進路や将来の夢について考えるプログラムなどがあります。

また、全国の大学奨学生および専修・各種学校奨学生一、二年生を対象とした「つどい」を夏休み期間中の四泊五日、山梨県河口湖町で開催しています。卒業生や著名人の講演、話し合いなどで、学生生活をいかに有意義に過ごすかを考える貴重な機会となっています。

四．レインボーハウス

あしなが育英会による本格的な心のケア活動は、阪神・淡路大震災遺児の心にかかる「黒い虹」（遺児の一人が描いた絵から名付けた）を「七色の虹」に回復させたいという強い願いによって開設された「神戸レインボーハウス」の取り組みから始まりました。

その後、レインボーハウスは東京都日野市、そして、東日本大震災後は宮城県仙台市と石巻市、岩手県陸前高田市に建設されました。また、二〇〇三年には、アフリカのウガンダにも開設され、日々、現地の遺児たちに対する心のケアプログラムが行なわれています。

五．学生寮「あしなが心塾」（東京）・「虹の心塾」（神戸）

東京都日野市と兵庫県神戸市に学生寮を開設しています。寮（塾）費は、家具・寝具など完備で光熱費なども含め朝夕の二食付きで月一万円です。入寮対象者はあしなが育英会の大学奨学生。収容人員は「あしなが心塾」一八〇人、「虹の心塾」五〇人です。

六. アフリカ遺児高等教育支援一〇〇年構想

世界最貧困群といわれているサブサハラ四九カ国の各国から毎年一人ずつ優秀な遺児を世界の大学に留学させ、次世代のリーダーを育成し、母国の建設に参加させようというのが「アフリカ遺児高等教育支援一〇〇年構想」です。二〇一四年度に始まったこの事業によって米欧日等の有数の大学に留学した学生は、二〇二〇年度末で累計二〇七人となり、二期生までの二一人が卒業しました。

七. あしながウガンダ・レインボーハウス

ウガンダのナンサナ村を中心とした地域に住む遺児を対象に心のケアプログラムを実施する一方、「テラコヤ教室」を設け、基礎的な学力養成に力を入れています。さらに、中学生・高校生を対象とした奨学金制度で進学を支援し、優秀な遺児には「一〇〇年構想生」への道を用意しています。

〈付録2〉継続支援の「あしながさん」になってください！

あしなが育英会では、遺児の「未来」のために、遺児の「現在」を支えてくださる「あしながさん」を募集しています。個人でも、グループでも、団体でも、会社でも結構です。「あしながさん」は、どこかの誰かが、遺児の誰かに高校や大学を卒業するまで、そっと援助していただくしくみです。誰が誰にと特定すると、遺児の精神的負担にもなる恐れがありますので、みなさまにはそっと支えていただきたいという願いから生まれました。

〈あしながさんと遺児との交流〉

あしながさんと遺児、遺児のお母さんやあしなが育英会も含めた「あしながファミリー」の心の交流を図る機関紙『ＮＥＷあしながファミリー』や遺児からの年賀状、残暑見舞いなどをお送りさせていただきます。

〈ご寄付にあたって〉

ご寄付の振込日や金額が一定でなくてもかまいません。次のお申込み方法の中からご都合のよい方法と金額をご自由に選んで、ご支援いただければ幸いです。

〈ご寄付方法〉

①ゆうちょ銀行や銀行からの口座引き落とし
②ホームページからクレジットカードでのご寄付
③ゆうちょ銀行振込用紙でのご送金
④コンビニ・ゆうちょ銀行兼用振込用紙でのご送金

遺贈によるご寄付も受付けています。

（問合せ先）代表電話　〇三―三二二一―〇八八八　寄付課
E-mail　supporter@ashinaga.org まで。
一般財団法人あしなが育英会
〒一〇二―八六三九　東京都千代田区平河町二―七―五　砂防会館四階
ホームページ www.ashinaga.org

編者紹介

玉井義臣（たまい・よしおみ）

1935年、大阪府生まれ。大学卒業後、経済ジャーナリストとしてデビュー。母親の交通事故死から被害者の救済問題を提起し、日本初の「交通評論家」として活動開始。「桂小金治アフタヌーンショー」企画・出演をきっかけに、69年に財界重鎮・永野重雄氏と民間ボランティア団体「遺児を励ます会」等の協力を得て「財団法人 交通遺児育英会」を設立、専務理事に就任するも、94年、同育英会への官僚天下り人事に抗議する形で専務理事を辞任。その後、災害、病気、自死遺児など全ての遺児の支援のために新たに「あしなが育英会」を設立し、副会長に就任。98年、会長に就任。現在は支援の対象を国内に止めず、世界の極貧地アフリカのサブ・サハラ49カ国から優秀な遺児を毎年1国1人選抜し、日本と世界の有数大学に留学させ、帰国後国づくりに参加させ、ひいては世界の貧困削減につなげる「アフリカ遺児高等教育支援100年構想」に邁進している。69年以降の玉井主導募金額1,100億円で高校・大学等に進学した遺児は11万余人に上る。2012年、遺児進学と東日本大震災での迅速な遺児支援活動、アフリカ遺児への教育支援100年構想に対し「世界ファンドレイジング大賞」。2015年、日本及び世界の遺児に教育的サポートを行ない、遺児を貧困の連鎖から解き放つ運動を展開し、人権の擁護に努めたことに対し「エレノア・ルーズベルト・ヴァルキル勲章」。2018年、日本国内外を問わず、現代において後藤新平のように文明のあり方そのものを思索し、それを新しく方向づける業績を挙げたことに対し「第12回後藤新平賞」を受賞している。その他受賞多数。

何《なに》があっても、君《きみ》たちを守《まも》る――遺児作文 集《いじさくぶんしゅう》

「天国《てんごく》にいるおとうさま」から「がんばれ一本松《いっぽんまつ》」まで

2021年7月31日　初版第1刷発行©

編　者　玉井義臣
あしなが育英会

発行者　藤原良雄

発行所　株式会社　藤原書店

〒162-0041　東京都新宿区早稲田鶴巻町523
電　話　03（5272）0301
FAX　03（5272）0450
振　替　00160-4-17013
info@fujiwara-shoten.co.jp

印刷・製本　中央精版印刷

落丁本・乱丁本はお取替えいたします
定価はカバーに表示してあります

Printed in Japan
ISBN978-4-86578-303-2

この本の印税収益は、遺児育英資金にあてられます。

妻と母の死が「あしなが運動」の原点

愛してくれてありがとう

玉井義臣　あしなが育英会会長

「結婚前に妻由美からガン告知を知らされ、二五歳の差という〝神のハードル〟を超え結婚を決意した私。ふたりで死を見つめつつ愛を貪った五年余の生活。『由美は、私に愛と死のすべてを教えてくれた』」（著者）。母の事故死、妻のガン死が「あしなが運動」の原点である。

B6変上製　二四〇頁　**カラー口絵八頁**　**一六〇〇円**
（二〇二〇年一一月刊）◇978-4-86578-295-0

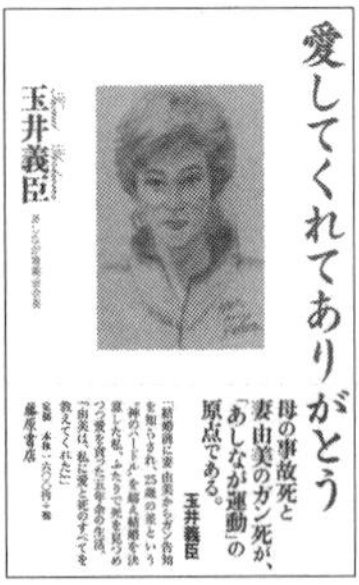

全三部作がこの一巻に

苦海浄土 全三部

石牟礼道子

『苦海浄土』は、「水俣病」患者への聞き書きでも、ルポルタージュでもない。患者とその家族の、そして海と土とともに生きてきた民衆の、魂の言葉を描ききった文学として、〝近代〟に突きつけられた言葉の刃である。半世紀をかけて『全集』発刊時に完結した三部作（苦海浄土／神々の村／天の魚）を全一巻で読み通せる完全版。

解説＝赤坂真理／池澤夏樹／加藤登紀子／鎌田慧／中村桂子／原田正純／渡辺京二

四六上製　一一四四頁　**四二〇〇円**
（二〇一六年八月刊）◇978-4-86578-083-3

アイヌの精神を追い求めた女の一生

大地よ！

（アイヌの母神、宇梶静江自伝）

宇梶静江

六十三歳にして、アイヌの伝統的刺繡法から、〝古布絵《こふえ》〟による表現手法を見出し、遅咲きながら大輪の花を咲かせた著者が、苦節多き生涯を振り返り、追い求め続けてきた〝大地に生きる人間《アイヌ》の精神性〟を問うた、本格的自伝。

四六上製　四四八頁　**カラー口絵八頁**
「宇梶静江の古布絵の世界」
二七〇〇円
（二〇二〇年二月刊）◇978-4-86578-261-5

「いっしょに食べる？」食は、私の原点。

自分を信じて

佐藤初女
朴　才　暎

食は、いのちの原点。「いのちを支えるのは食」と、自然の恵みを活かす手づくりの料理の大切さを示し、心を病む人、悩める人を、心こもる食で迎え入れた〈森のイスキア〉の活動で広く知られる佐藤初女さんの、最後の言葉。津軽というふるさとを同じくする二人が、日本と朝鮮半島とのむすび合いの道を探る。

四六上製　二三二頁　**一八〇〇円**
（二〇一六年五月刊）◇978-4-86578-071-0

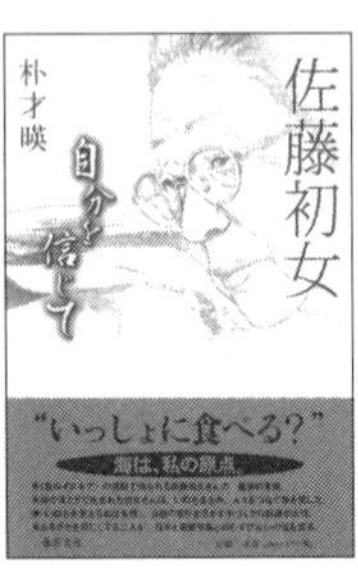